ASAHI SENSHO 朝日選書 1044

源氏物語のこころ

帚木蓬生

朝日新聞出版

源氏物語のこころ　目次

源氏物語のこころ

帚木蓬生

○本文中、現在は不適切と思われる表現があります。差別的意図をもって書かれたものではないこと、また作品が歴史的時代を舞台としていることを鑑み、原文のままに掲載しました。

○原文については、岩波文庫版一から九巻（二〇一七年から二〇二一年）を主に参照し、『岩波』と表記しました。『源氏物語の鑑賞と基礎知識』（至文堂、一九九八年から二〇〇五年）は『鑑賞』と略しました。

はじめに

二〇二三年十二月から翌年四月にかけて上梓した『香子《かおるこ》　紫式部物語』（ＰＨＰ研究所）は、紫式部が『源氏物語』を書き綴っていく人生を辿った小説です。従って『源氏物語』本体を、現代文に翻訳する必要がありました。五巻に分ける長さになったのも、そのためです。読者の苦労が思いやられます。

とはいえ、この五巻本で紫式部の人生と『源氏物語』そのものの二つを、同時に味わえるのですから、これ以上の得した気分はそうざらにはないはずです。

五十四帖からなる『源氏物語』を翻訳していく過程で思い知らされたのが、「心」表現の多さです。数行に一度は必ず出てきます。例をあげます。

めづらしきさまの御心ちも、かゝることの紛《まぎ》れにてなりけり、いで、あな心うや、かく人づてならずうきことを知る〳〵、ありしながら見たてまつらむよ、とわが御心ながらもえ思ひなほすまじくおぼゆるを、猶ざりのすさびと、はじめより心をとゞめぬ人だに、又異《こと》ざまの心分くらむと思ふは、心月なく思ひ隔てらるゝを、ましてこれはさまことに、おほけなき人の心にもありけるかな、

（岩波文庫『源氏物語』㈤五六四頁、傍点は筆者による）

これは「若菜下《わかなのげ》」の帖で、女三《おんなさん》の宮《みや》と密通した柏木《かしわぎ》の手紙を読んだときの光源氏の感慨です。見ての通り、何と岩波文庫本で五行の中に「心」表現が七個も出てきます。試みにこの箇所を私が現代文に直すと、次のようになります。

（女三の宮の）普通でない様子も、この事件のせいだったとは、何たる事か。こうして直接、忌まわしい事実を知り得た今、これまで通り接する事ができるだろうか。そう自問しつつ、以前通りにはいくはずはない気がして、「ふとした浮気心で見知った女で、当初から真剣に思っていない相手でさえ、他の男と通じていると思うと、嫌悪感から遠ざけたくなる。ましてこの場合は格別な女三の宮であるのに、何たる身の程知らずの（柏木の）料簡なのか……」

私の訳文では「心」表現はわずか一カ所しか出てきません。これだけでも、現代の私たちの言葉から、いかに「心」表現が消えてしまったかが、分かります。

今から二十年以上前の二〇〇三年、源氏物語で「心を語る語の種類の多さ」を指摘したのは大軒史子氏です（『源氏物語の鑑賞と基礎知識　『総角《あげまき》』二八三～二八九頁』）。大軒氏はさらに、「源氏物語は『心』を語る文学である」とまで言い切っています。

大軒氏によると、源氏物語には「心」「御心」が五千百二十二回使われているそうです。大長編である源氏物語は、四百字詰原稿用紙で数えると二千五百枚に相当します。とすると、紫式部は原稿用紙一枚につき、「心」か「御心」を二回使った計算になります。現代の作家は、天地がひっくり返ってもこんなことはしません。

この紫式部のいわば特技は、同時代の女性歌人や日記の書き手、さらには男性の漢詩人にも、全く見いだせません。

たとえば、紫式部のほぼ一世紀前の菅原道真《すがわらのみちざね》を取り上げましょう。道真は当時の唐の人々さえも驚くほどの詩才の持ち主でした。その業績は、『菅家《かんけ》文草』と『菅家後集』に収められた、漢詩五百十四首に集約されています。その中で使われている「心」は八十八回です。多いのは名詞としての「心」で十二回、貞潔な心を意味する「貞心《ていしん》」が四回、「心寒し」が四回です。

実を言えば、源氏物語に出てくる名詞としての「心」は九百五十五回、「御こころ」が五百二十八回、「みこころ」が五回、「御こころども」が十回、「こころども」が八回です。合計すると、およそ千五百回です。これには「あやにく心」は名詞として数えられる半面、形容動詞の「心あさかり」や、副詞としての「心あてに」、動詞としての「心あり」、形容詞としての「心あわただし」、複合名詞としての「心いられ」などは除外しています。これだけでも、源氏物語の「こころ」多用は歴然としています。

他方で菅原道真は、「心」と類似した語として「意」と「情」も多く使い、後世の漢学者はこの二つの語を同じく「こころ」と読ませています。

「意」は、五百十四首の中で三十九回使われ、多いのは「意を知る」が四回、「意を用いる」が三回です。対する源氏物語では、「意」単独では使われず、「用意」が五十八回、「本意」が五十二回、その他に「得意」や「不意に」となって出てきます。用法が、道真と紫式部では明らかにずれています。「情」は、『菅家文草』と『菅家後集』で四十四回使われ、ほとんどが「詩情」「交情」「芳情」「心情」「春情」などの熟語として用いられています。源氏物語では「情」は「なさけ」であり、名詞としての「情」は二十四回、「情なし」が四十九回、「情あり」が六回です。

こうして道真と紫式部の二人を比べると、道真は「心」「意」「情」を、同じ「こころ」でありつつも、微妙に使い分けながら、同等の頻度で用いていると言えます。紫式部は「意」と「情」はさして念頭になく、多種多様の「心」表現を用いて、「こころ」の隅々まで照らそうとしているひたむきさが感じられるのです。

私が長年交誼を結んでいただいている神経心理学者に、山鳥重《あつし》先生がおられます。最初にお会いしたのは、何と一九九六年ブラジルのサルヴァドールでした。そこで、モントリオール大学のアンドレ・ロック・ルクール神経心理学教授主宰で、「書字言語」に関するワークショップが開かれたのです。これは後に『書字言語　その歴史と理論および病態』（アンドレ・ロック・ルクール編、森山成林・山鳥重訳、創造出版、一九九九）に結実します。

このときのサルヴァドール滞在は、私にとって強烈な体験になり、『受精 Conception』（角川書店、一九九八）の下地を成しています。また『国銅』（新潮社、二〇〇三）の文庫化に際しては、山鳥先生に見事な解説を書いていただいています。

この山鳥先生の二つの著書『知・情・意の神経心理学』（青灯社、二〇〇八）と『心は何でできているのか　脳科学から心の哲学へ』（角川選書、二〇一一）は、道真と紫式部が別方向から格闘した「こころ」の問題に光をあててくれます。

山鳥先生は「こころ」の働きを、その発生順に「情→知→意」と考えます。

　こころは個体の主観現象の総体であって、瀰漫《びまん》性の経験（情）と心像性の経験（知）と行動制御の心理経験（意）から成り立っている。まず、感情が発生し、その上に心像が生成し、その心像を操って、目的性のある意志が立ち上がる。

これは私が『受精 Conception』を書いた経験に照らし合わせても、納得がいきます。あの熱気のあるサルヴァドールの土地と人の原風景が、頭の中に漠然とした情緒として残ったのが、執筆のきっかけでした。そこにナチス・ドイツの陰謀と人工受精をからめたサスペンスを盛り込むための「知」を集め、ミステリーとして完成させたのです。

山鳥先生の「知」の定義は次の通りです。

　こころに生成する多様な心像と区別したり、一致させたり、把持したりすることで、自己と世界を理解しようとするこころの働きが「知」である。

この「知」を、道真と紫式部はどのように用いているでしょうか。

道真の『菅家文草』と『菅家後集』の中には「知」が百回出てきます。多いのは「知るべし」「知らず」「知んぬ」です。これに対して、源氏物語では動詞の「知る」として五百二十五回出てきます。その中には「心知る」という表現もあり、「知る」を一段と強めています。

こうした神経心理学の知見に照らし合わせると、紫式部の意図は、「知」「情」「意」を含めた「こころの働き」全体を、多種多様な「心」表現で書きつけることにあったと思わざるを得ません。

現代では山鳥重先生の言う知・情・意による心の働きも、影が薄くなっています。心を働かせずに、気分でものをいう風潮がはびこっているような気がします。

この傾向は、SNSの発達によってより顕著になっています。誰もがものを言える代わりに、物事の表面だけをなぞって、即席の思いつきで発言しているように感じます。「いいね！」という機能はその最たるものです。

ここにAIによって生成された文章が、世の中を覆いつくすようになれば、「心」はどこかに追いやられていくのではないでしょうか。

それはそのまま、日本語という私たちの国語の貧困化です。

紫式部の源氏物語における営為は、全くその逆でした。新たな日本語の地平を広げ、日本語を深化させるために、「心」表現の言葉を必死で書きつけたのです。誰にも頼らず、自分ひとりの力を信じて、心の働きに対して、百も二百も、いや三百以上もの、心に関する言葉を当てはめていったのです。

実を言えば、本書は『ネガティブ・ケイパビリティ　答えの出ない事態に耐える力』（朝日選書、二〇一七）の中の第八章「シェイクスピアと紫式部」の続編でもあるのです。

ネガティブ・ケイパビリティとは、物事や現象に性急な答えを当てはめずに、不確実な宙ぶらりんの状況に耐える能力を意味します。

この概念を生涯でたった一回だけ、弟のトムとジョージに送った一八一七年十二月二十一日か二十七日付の手紙に書きつけたのは、イギリスの詩人ジョン・キーツでした。わずか二十二歳のときで、その四年後にはローマで死去します。

このネガティブ・ケイパビリティは、詩人に要請される能力だとキーツは指摘しました。というのは詩人が対象に溶け込む際、自らを透明にして、結論もない不確さの中に身を置かない限り、究極の詩想は得られないからです。この能力を最大限に有していたのはシェイクスピアだと、キーツは明言しました。

それから百六十年後、このネガティブ・ケイパビリティが精神分析にも必須だと主張したのが、やはりイギリスの精神科医ウィルフレッド・R・ビオンでした。若い精神分析医は患者に接する際、マニュアルやテキスト、事例に頼って、目の前の患者をその枠内にはめ込んでしまいがちであると苦言を呈したのです。それでは患者の心のひだに肉迫できず、おざなりの対話で終わってしまうと注意し、記憶も理解も欲望も捨て切った、徒手空拳の宙ぶらりんの状態で、患者に対峙しなさいと説いたのです。

私が自著の第八章で強調したのは、シェイクスピアに劣らず、わが紫式部もこのネガティブ・ケイパビリティに長《た》けていた事実です。だからこそ、世界で比肩しうるものがない物語を書けたのだと考えたのです。

そして紫式部が、作品中の人物の心の奥底に辿り着くために、思いがけなくも苦心惨憺を強いられつつ、工夫したのが、これから述べる夥しい数の「心」表現だったのです。

つまり紫式部が有したネガティブ・ケイパビリティの如実な表れが、「心」表現なのです。私はそんな紫式部の果敢な創意工夫に思いを馳せるたび、背筋が伸びるのを覚えます。

みなさんも、紫式部のネガティブ・ケイパビリティの中から生まれた、源氏物語中の「心」表現の豊富さを味わい、「心」の復活に関心を持ってもらえれば、本書の役割は果たせたと言えます。

本書では、源氏物語の豊潤さを底支えしている広大かつ強力な「心」表現を、さまざまな角度から検証します。

第一章では、源氏物語の底に流れる「心」の諸相と「もののあわれ」との関連、さらには他の物語での「心」の扱い方の違いを検討します。

第二章では、源氏物語五十四帖の大要を述べ、その中で特に紫式部の力点が別離と死別にあることを指摘します。

第三章では、こころを自由自在に対比させている、紫式部の工夫に焦点をあてます。

第四章では、紫式部が用いた「心」表現のうち、不安と迷いを表すさまざまなこころを論じています。

第五章では、「心」表現のうちで、物語を動かす原動力になっている、こころの万華鏡に触れます。

第六章では、その他の「心」表現で、現代語とは差違が生じている、その他のこころを拾い集めています。

第七章では、源氏物語に登場する二十五人の女性たちの性格や人柄を、紫式部がどうやって描き分けたかを、「心」表現の中から探ります。改めて物語中の女性たちの多様性を、「心」表現のファッションショーとして楽しめるのではないでしょうか。

第八章では、光源氏の七種の恋挑みの中で、どんな「心」表現がちりばめられているのかを探索します。

第九章では、紫式部が物語中で言及した当時の文化・風俗の中で、心がどう動かされているのか、独自の視点から光を当てます。

第十章では、「心」表現が最も使用されている宇治十帖の「総角」で、「心」にどのような形容詞が付与されているかを、順に辿ります。大君《おおいぎみ》と中《なか》の君《きみ》、薫《かおる》と匂宮《におうみや》の四人の心の接近や背反を描き尽くすために、紫式部は「心」表現を極限までに駆使しています。

そして最後の第十一章では、「心」と似通っている「魂」や「胸」との違い、さらに「身」とはどう対比できるかについて言及します。

本書によって、紫式部が「心」表現をいかに駆使して、登場人物たちを造形し、内面の動きを追ったかが理解できるはずです。その意味で、本書は従来にはなかった真新しい視点での源氏物語の手引でもあり、入門書といえます。

第一章　紫式部が「こころ」をとらえる基本のことば

(一)　こころの幅

心の働きの表現を適確に

源氏物語で頻繁に使われている心、その尊敬語としての御心の他に、心にある種の幅を持たせている「心」表現があります。「心ばえ」「心ざし（志）」「心ざま（心様）」「心ばせ（意）」の四つです。この四つの「心」のあり方は、微妙に異なり、紫式部が「こころ」をどうとらえていたかを知る基本要素になっています。そこには心の幅をできるだけ広くとり、心の働きの表現を適確にしたいという、紫式部の執念が反映されています。

・心ばえ

池田亀鑑《きかん》編著『源氏物語大成』の索引篇（巻四）によると、使用回数は「心ばえ」が百六、「御心ばえ」が八十三、「み心ばえ」が三回です。合計すると百九十二回になります。この算出が可能なのは、前述した名詞としての「心」の出現回数の千五百余りというのもそうですが、全くもって池田亀鑑編著『源氏物語大成』のおかげです。

この『源氏物語大成』は、驚嘆すべき大著で、その索引篇によって、源氏物語中に使われた名詞や形容詞、助詞や助動詞、項目のすべてが、どの巻のどこに使われているのかが、分かるようになっています。その使用回数も、数え上げればたちどころに判明します。源氏物語研究の巨大な基礎であり、こうした書物こそ国民の財産です。

源氏物語の「心」表現に、どういう現代語が当てられているかの検討に用いるのは、『源氏物語の鑑賞と基礎知識』の全四十三巻です。これも非常に有益な書物で、一九九八年から二〇〇五年までの斯界の権威の研究成果が満載されています。本書では引用するにあたって『鑑賞』と短く表記します。

もうひとつ源氏物語の現代語で参照するのは、二〇一七年から二〇二一年にかけて刊行された岩波文庫の『源氏物語』全九巻です。これにも、現代を代表する研究者の英知が余すところなく注がれていて、その恩恵は計りしれません。これも引用する際には、短く『岩波』と表記します。

さて「心ばえ」がどう訳されているかを、『鑑賞』で列挙すると、次のようになります。

心構え、心積もり、心持ち、心遣い、心の有様、人柄、趣向、好意、愛情、気性、性質、心境、心根、趣、意匠、模様などです。

これらの現代語を俯瞰《ふかん》すると、外から見た心の姿を表したのが「心ばえ」のようです。『鑑賞』によると、「心ばえ」はその場その場の行動のあり方や、態度から、感じとられる心の動きを表すのだといいます。この「心ばえ」は、現代の私たちの語彙からは影が薄くなっています。代わりに私たちが使っているのは「心もよう」かもしれません。

・心ばせ

「心ばせ」は二十九回、「御心ばせ」は二回使われ、合計三十一回です。これには、気心、気遣い、気立て、心構え、心持ち、人柄、たしなみ、といった現代語が当てられています。心の美点を、そこはかとなく添加する言葉が「心ばせ」ではないでしょうか。

『鑑賞』によると接尾語の「ばせ」は、様子や状態、働き、の意を持つといいます。さらにつきつめると、「心ばせ」は個々の行動の根源をなす心情のあり方を意味し、「心ばせあり」となると、その人の教養や知恵、思慮の深さを賛嘆するとき用いられるのです。この「心」表現も、私たちの頭の中からは消滅しかけています。

・心ざし

「心ざし」は百三回、「おんこころざし」は一回、「御心ざし」は六十二回ですから、合計百六十六回出てきます。当てられた現代語も、『鑑賞』では「心ばえ」と同じく多様です。

親切、愛着、愛情、寵愛、情、誠意、思い、目的、願い、希望、意志、発願、道心、などがあります。

「心ざし」が「志」と表記される点も考え合わせると、どうやら「心ざし」は対象に向かう心を表現した言葉のようです。幸いにして、「心ざし」は「志」として、多少なりとも現代の私たちもまだ使い続けています。

・**心ざま**

「心ざま」は十九回、「御心ざま」は二十六回ですから、合計四十五回出てきます。当てられた現代語は、気立て、性格、性質、人柄、心遣い、心の持ち方、などです。

これからすると、動きのある「心ざし」と違って、どこか静止している心の状態を示しているようです。私たちは、もはやこの「心」表現は手放しています。


これら四つの心の諸相からして、源氏物語では、意味を微妙に異にする「心」が巧みに使い分けられているといえます。おそらく、その時代の読者は、これら四つの「心」の幅のわずかな差を感じ取って、登場人物たちの心理状態を味わっていたはずです。

現代の私たちからすれば、「心」は「心」であって、さして微妙な差違を付け加える必要はありません。「心」が薄っぺらくなっているのです。絶滅寸前の稀少な言葉になりかけています。

さらにもうひとつ、紫式部がよく使った「心」表現に「心地」があります。使用回数は「心地」が百五十八回、「御心地」が九十九回、「み心地」が一回、合計二百五十八回という多さです。現代語では、ほとんどそのまま「心地」と訳され、稀に「気分」と訳されています。

私たちも「夢見心地」のような使い方をするので、「気分」と大いに重なり合う「心」表現です。実際に紫式部は「心地よげ」や「心地なし」も使っています。

しかし、最も使用されているのは、「心地」を動詞として用いた「心地す」です。何と、四百九十回も使われています。現代文にすると、さしずめ「気分がする」でしょうが、これでは「心」がぼやけてしまう感があります。「心地す」のほうが、生の心に響いているように感じられます。

現代では、このような「心」表現の影が薄くなり、「心」そのものを直視する言語表現の技術は、私のような作家といえども喪失しています。

紫式部の源氏物語は、「心」を真正面に見据えて、人と人との交わり、人と事の接点で、心そのものの動きを、刻明に記述した稀有な小説と言えるのです。

(二) 本居宣長の『源氏物語』

「もののあわれ」と「心細さ」「心憂し」

源氏物語の核心が「もののあわれ」だと指摘したのは、本居宣長《もとおりのりなが》(一七三〇―一八〇一)であることは余りに有名です。

それまでの源氏物語批評は、主として三種類ありました。ひとつは仏教の立場から、勧善懲悪が本意だとする見方です。例えば女三の宮《おんなさんみや》と密通した柏木《かしわぎ》が、自責の念から悶死するというのが、そうでしょう。

二つめは儒教の観点から、好色のいましめと見る意見です。これも平安時代当時の風習を勘案しない的外れの見解です。紫式部の時代、近代で言う自由恋愛が基本で、男女ともに多情であっても、今日ほどの罪意識はないのが普通でした。

三つめは、あれほどの栄光を知った光源氏でも、最後には人知れずこの世から消えていく盛者必衰が、物語の趣旨だとする考えです。これとて物事の本質から大きく逸脱した我田引水の考え方でしょう。

本居宣長は、そうした薄っぺらな鑑賞の仕方を一蹴《いっしゅう》しました。作品そのものから、紫式部の意図を探ろうとしたのです。探求の下準備として、本居宣長が積み上げた仕事は膨大でした。

まずは紫式部が生きた当時の仮名遣いがどうであったかを、九十八の語例を集めて、その規範を調べました。次に、源氏物語中の古語三百九十一語に口語訳を試みました。そのうちの四十四語は難解で結論に至らず、後の研究の課題にしました。

三つめが、光源氏の年齢が各巻でいくつなのかを検討した年立《としだて》の論考です。これは『源氏物語年紀考』に結実し、後世の研究の礎《いしずえ》になります。

四つめに、源氏物語に関する、従来の註釈本すべてを検討しています。第一は四辻善成《よつつじよしなり》の『河海抄《かかいしょう》』です。室町幕府の第二代将軍足利義詮《よしあきら》の下命で成り、十四世紀半ばに完成しています。第二は同じく室町時代の十五世紀半ばに一条兼良《いちじょうかねよし》が著した『花鳥余情《かちょうよじょう》』です。第三は江戸時代の一六七三年に、北村季吟《きたむらきぎん》が書いた『湖月抄《こげつしょう》』です。第四は一六九六年に成立した契沖《けいちゅう》の『源註拾遺』です。

そうした下準備のあとに、一七六三年頃、本居宣長が完成させたのが『紫文要領《しぶんようりょう》』でした。さらにこれに加筆訂正を加えて、一七七九年頃に『源氏物語玉の小琴《たまのおごと》』ができ上がります。これが後の『源氏物語玉の小櫛《たまのおぐし》』です。

私自身、三十代の後半、精神医学の学会に参加した帰りに、松阪にある本居宣長記念館に立ち寄りました。折よく、添削された『紫文要領』が展示されていて、ショーケースの中を覗いて、腰を抜かしました。

初稿に、これでもかこれでもかと、余白に筆が加えられ、また訂正がはいり、さらに別の加筆が添えられていたのです。まさに推敲の見本で、人間はこんなにも勉強できるのかと驚嘆しました。

本居宣長の本業は町医者ですから、あちこちから依頼があるたび町中を往診していたに違いありません。そんな多忙のなかで寸暇を惜しんで、国文学の研鑽《けんさん》に打ち込んだのです。その鬼気迫る研究心が、展示されていた手稿に刻印されていました。

自らが国文学に死力を尽くしていただけに、紫式部の畢生《ひっせい》の大作である源氏物語の真価が、身に沁みて理解できたのではないでしょうか。以下に『源氏物語玉の小櫛』（本居宣長全集第四巻、筑摩書房）での宣長自身の感慨を列挙します。

・古《ル》物語は、こゝらあるが中にも、此源氏のは、一きはふかく心をいれて、作れる物にして、（一八三頁）

・此物語は、紫式部が、世の中のよき事あしき事を、見しりたるを、心にこめて、うづもれむがいふかひなさに、かきあらはせるものなり、（二一一頁）

・こゝらの物語書どもの中に、此物がたりは、ことにすぐれてめでたき物にして、大かたさきにも後にも、たぐひなし、（二三三頁）

・此物語の文は、言おほけれども、さらにいたづらなることなく、よきほどに長くて、いと長きところも、長きまゝに、いよ〳〵めでたくこそあれ、（二三四頁）

宣長の源氏物語礼讃の極めつきは、次の記述でしょう。少々長い文章ですが、宣長の感嘆がほとばしっているので再録します。

・此物語ぞ、こよなくて、殊に深く、よろづに心をいれて書る物にして、すべての文詞のめでたきことは、さらにもいはず、よにふる人のたゝずまひ、春夏秋冬をり〳〵の空のけしき、木草のありさまなどまで、すべて書《キ》ざまめでたき中にも、男女、その人々の、けはひ心ばせを、おの〳〵こと〳〵に書分《キケ》て、ほめたるさまなども、皆其人〳〵の、けはひ心ばへにしたがひて、一《ト》やうならず、よく分れて、うつゝの人にあひ見るごとく、おしはからるゝなど、おぼろけの筆の、かけても及ぶべきさまにあらず、さて又よろづよりもめでたきことは、まづからぶみなどは、よにすぐれたりといふも、世の人の、事にふれて思ふ心の有《リ》さまを書ることは、たゞ一わたりのみこそあれ、いとあらく浅きもの也、

（二一三頁）

紫式部の文章力や、人物描写、風景描写、心の動きを活写する能力を、これ以上はないほど、ベタぼめしています。そして世に名高い漢書であっても、生身の人々の内面描写にかけては、紫式部に遠く及ばないとまで、言い切ったのです。

この批評は、源氏物語の鑑賞の歴史上、画期をなす意見で、その後の源氏物語研究の流れを一大変化

させました。

本居宣長が紫式部にみた恋の道、「物のあはれ」

さらにもうひとつ、紫式部が源氏物語に込めた意図を、「物のあはれ」だと見抜いた点も、刮目《かつもく》すべき事件でした。「物のあはれ」とは、具体的にどのようなものか、宣長自身の記述を辿りましょう。

・下心《ノ》、げにさもあらんと、あはれを見せといへる、これ源氏物語のまなこ也、此物がたりは、しかし物のあはれをしらしむることを、むねとかきたるもの也、（一八七頁）

・物のあはれをしるといふ事、まづすべてあはれといふはもと、見るものきく物ふるゝ事に、心の感じて出る、歎息《ナゲキ》の聲《こえ》にて、（以下略）。（二〇一頁）

・此物語は、殊に人の感ずべきことのかぎりを、さま〴〵かきあらはして、あはれを見せたるものなり、（二〇三頁）

・もののこゝろをしるは、すなはち物のあはれをしる也、（二一一頁）

・かくて此物語は、よの中の物のあはれのかぎりを、書あつめて、よむ人を、深く感ぜしめむと作れる物なるに、此恋のすぢならでは、人の情の、さま〴〵とこまかなる有さま、物のあはれのすぐれて深きところの味《ヒ》は、あらはしがたき故に、殊に此すぢを、むねと多く物して、戀する人の、さま〴〵につけて、なすわざ思ふ心の、とり〴〵にあはれなる趣を、いとも〳〵こまやかに、かきあらはして、もののあはれをつくして見せたり、

（二一五頁）

この最後の記述に、宣長の結論を見てとれます。つまり紫式部は、人間の心の動きや、振る舞いの諸相を、深い所まで表現するために、さまざまな人物を書き分け、細々とした筋立てを考えたのだというのです。

その多くは恋の道であり、多くの「物のあはれ」が書き分けられます。光源氏と藤壺宮《ふじつぼのみや》との密通、夕顔《ゆうがお》とのはかない逢瀬、六条御息所《ろくじょうのみやすどころ》から逃れられない情念、末摘花《すえつむはな》への深情け、花散里《はなちるさと》への信頼、空蟬《うつせみ》との一夜の恋、朧月夜《おぼろづきよ》との秘めた情愛、玉鬘《たまかずら》への満たされぬ恋、紫《むらさき》の上《うえ》に対する絶対愛など、いくつもの恋心を紫式部は物語の中で提示します。そのいずれもが、「さもありなん」と読者が納得する「物のあはれ」なのです。

柏木の女三の宮に対する燃え上がる恋も、いくら道ならぬ恋とはいえ、もはや柏木は抑えきれません。最後には、恋に身投げして燃え尽きるのです。

浮舟《うきふね》とて例外ではありません。いや、悲恋の典型かもしれません。薫《かおる》という後見者がありながらも、匂宮《におうみや》の誘惑に抗い難く、甘美な恋に身を任せたあと、進退窮まって入水に至ります。

紫式部はこれらのどの恋をも責めません。人生で避けられない、あるいは当然あり得るものとして、その詳細をひたすら綴ります。宣長自身の筆致を辿れば、次のようになります。

・心よからず、あしくあたれる人をば、みな物のあはれしらず、あしき人としたること、上の件のごとし、そは源氏君を、もののあはれしりて、よき人とするが故也、（二〇五頁）

・もののあはれなる時は、木草などによせて、歌にもよみ、ふみにも書て、おくるたぐひにて、心のあはれを、人に見せて、なぐさむる也、（二一〇頁）

・恋の中にも、さやうのわりなくあながちなるすぢには、今一きはもののあはれのふかきことある故に、ことさらに、道ならぬ恋をも書出《キ》て、そのあひだの、ふかきあはれを見せたるもの也、（二一七頁）

・まづ藤つぼの中宮との御事は、上にもいへるごとく、恋の物のあはれのかぎりを、深くきはめつくして見せむため也、（二二九頁）

要するに宣長の結論は、「そもそも紫式部が本意、とにかくに物のあはれをしるをむねとはして」(二一四頁)、なのです。

本居宣長から小林秀雄へ

そしてこの結論からおよそ二百年後に、宣長の見解を、日本の思想史上の一大転機だと評価したのが、晩年の小林秀雄でした。ここでもまた『本居宣長』(新潮社、一九七七)での小林の筆致を再録します。

・或る時、宣長といふ独自な生れつきが、自分はかう思ふ、と先づ発言したために、周囲の人々がこれに説得されたり、これに反撥したりする、非常に生き生きとした思想の劇の幕が開いたのである。この名優によつて演じられたのは、わが国の思想史の上での極めて高度な事件であつた。(二〇頁)

さらにまた小林秀雄は、宣長の思考法にも注目しています。

・この誠実な思想家は、言はば、自分の身丈に、しつくり合つた思想しか、決して語らなかつた。その思想は、知的に構成されてはゐるが、又、生活感情に染められた文体でしか表現出来ぬものでもあつた。この困難は、彼によく意識されてゐた。

（一九頁）

宣長が源氏物語の核心として取り出した「もののあはれ」について、小林秀雄は次のように感嘆の言葉を献じています。

・宣長は、「あはれ」とは何かと問ひ、その用例を吟味した末、再び同じ言葉に、否応なく連れ戻された。言はば、その内的経験の緊張度が、彼の「もの丶あはれ」論を貫くのである。この言葉の多義を追つて行つても、様々な意味合をことごとく呑み込んで、この言葉は少しも動じない。その元の姿を崩さない。

（一二五～一二六頁）

この前述のもとに、小林秀雄は宣長が自らに突きつけた課題は、「物のあはれとは何か」ではなく、「物のあはれを知るとは何か」だったと喝破します。この「知る」に当たって、宣長が介在させたのが「心」でした。

小林秀雄は宣長の『紫文要領』の中から、宣長自身の言葉を抽出します。つまり、「わきまへしる所は、物の心、事の心をしるといふもの也、わきまへしりて、其しなにしたがひて、感ずる所が、物のあはれ也」（一四四頁）です。

それでは「感ずる心」とはいかなるものでしょうか。ここでも小林秀雄は『紫文要領』を引用します。「感ずる心は、自然と、しのびぬところよりいづる物なれば、わが心ながら、わが心にもまかせぬ物にて、悪しく邪なる事にても、感ずる事ある也」（一四四〜一四五頁）と、宣長は人の心の動きを実に正しく見つめています。

小林秀雄に言わせると、宣長のこの見解は的を射ており、「心といふもの丶有りやうは、人々が『わが心』と気楽に考へてゐる心より深いのであり、それが、事にふれて感《ウゴ》く、事に直接に、親密に感《ウゴ》く、その充実した、生きた情《ココロ》の働きに、不具も欠陥もある筈がない」（一四五頁）と、心から同意しています。

小林秀雄にしてみれば、これこそ純粋で、何の汚れもない「全的」な認識力なのです。ところが、ここで問題が生じます。「この無私で自足した基本的な経験を、損はず保持して行く事が難かしい」（一四五頁）のです。

とはいえ、難しくても不可能ではありません。「これを高次な経験に豊かに育成する道はある」（一四五頁）のです。

これこそが、小林秀雄が本居宣長の思想に見た、「物のあはれを知る」という「道」でした。そしてさらに小林秀雄は、本居宣長が紫式部において、「物のあはれを知る道」を語った思想家を発見したのだ、とまで指摘します。

本居宣長・小林秀雄による『源氏物語』への洞察

紫式部が単に「物のあはれ」の諸相を書いたのではなく、それが「物のあはれを知る道」を提示したのだとする、本居宣長そして小林秀雄の洞察は、誠に貴重です。これによって源氏物語はさらに輝きを増したと言っていいでしょう。

ここで私が注目せざるを得ないのは、「物のあはれを知る」に当たっての「感じる心」の介在です。小林秀雄、そして本居宣長の目を通して見れば、紫式部こそは源氏物語に於いて、「世に生きていく意味を求め、これを、事物に即して、創り出し、言葉に出した」のです。小林秀雄にしてみれば、宣長が行き着いた紫式部評は、「あるがまゝの人の『情《ココロ》』の働きを、極め」、「同時に、『情《ココロ》』を、しっくりと取り巻いてゐる、『物の意《ココロ》、事の意《ココロ》』を知る働き」を表現した、という点に尽きます。

このとき、小林秀雄が「情」と「意」にココロとルビを振っているのは、非常に重要です。まさしく、菅原道真の漢詩に出てくる「情」と「意」に「こころ」とルビが振られたのと同じです。改めて、源氏物語に於ける「こころ」の重要性が浮かび上がってきます。

さて「感ずる心」とは、具体的にどういう心の動きを指すのでしょうか。小林秀雄がその「ココロ」に「意」や「情」を当てたのは首肯できます。心が実に幅広い意味を内包しているのが分かるからです。この「意」と「情」が、源氏物語には頻用《ひんよう》されていないことについては「はじめに」の項で触れました。

もののあわれを「感ずる心」を底支えする「心」表現として、紫式部が用いたのが、実は「心細さ」と「心憂し」でした。

・心細さ

「心細さ」は二百三回使われています。内訳は「心細し」が百四十九回、「心細げなり」が二十五回、「心細さ」が十七回、「心細かり」が十二回です。源氏物語の登場人物たちは、おしなべて、「心細さ」を胸に秘めて生きているのです。

この「心細さ」という「心」表現を頻用することによって、源氏物語の底に流れるある種の不安定さが醸し出されます。これはとりもなおさず、筆を執った紫式部の心情でもあったのでしょう。

源氏物語以前の三つの物語を例にとると、紫式部のこの心構えの特異さが理解できます。『竹取物語』では「心細さ」は二度しか出てきません。『伊勢物語』は一回です。長編の『落窪物語《おちくぼ》』でも「心細さ」の表現は、たった七カ所しかありません。

ついでに言えば、「心細さ」という「心」表現は、女性の書き手の特徴とも言えます。『落窪物語』の作者は男性か女性か、意見が二分しています。女性だと、「心細さ」という「心」表現の多寡から断定できます。この点については、あとでも触れます。

日記に関しての、「心細さ」出現回数はどうでしょうか。紀貫之《きのつらゆき》の『土佐《とさ》日記』ではわずか一回です。これに対して、藤原道綱《みちつな》の母による長い『蜻蛉《かげろう》日記』では、十九回も出てきます。面白いのは、夫である藤原兼家《かねいえ》、これは藤原道長《みちなが》の父ですが、その通いが途絶えがちなのを嘆く前半に多く出てきます。その後、諦念するに従って、後半では稀にしか使われていません。

『和泉式部日記《いずみしきぶにっき》』には五回使われています。この情熱豊かで奔放な和泉式部には、「心細さ」はふさわしくないのかもしれません。

ちなみに、『枕草子《まくらのそうし》』にはたった一回しか出てきません。定子中宮《ていしちゅうぐう》の側近くに仕えた、怜悧な清少納言《せいしょうなごん》にも、「心細さ」は無縁だったのでしょう。

当の『紫式部日記』には「心細さ」が二度使われています。この日記は、藤原道長の下令によって書かれた宮廷見聞記のようなものですから、「心細さ」を頻用するのは憚《はばか》られたはずです。

この「心細さ」が同時代の男性の日記では果たして使われたのか否かは、検証する価値があります。当時の日記で有名なのは、藤原道長の『御堂関白記《みどうかんぱくき》』と、正二位の大納言で右大将と按察使《あぜち》を兼任していた藤原実資《さねすけ》の『小右記《しょうゆうき》』です。この日記の中で「心」表現もしくは「心細さ」が使われているか確かめましょう。結果はもう予想がつきます。

『紫式部日記』の末尾は寛弘《かんこう》七年(一〇一〇)の一月です。その年の『小右記』は記載がないので、一年後の寛弘八年の『小右記』を見ます。もちろん漢文で書かれていますが、「心」の字はひとつとしてなく、ましてや「心細さ」に相当する文字は出てきません。一月一日は内裏で四方拝が行われるので、上達部《かんだちめ》は参内《さんだい》します。その中に、『蜻蛉日記』の作者の息子で大納言《だいなごん》の藤原道綱《みちつな》の名も、ちゃんと記載されています。

『御堂関白記』はどうでしょうか。『御堂関白記』でも、寛弘七年や八年の記載は欠落しています。直近の寛弘五年の一年間を通読すると、一カ所だけ「心」が使われていました。二月九日に配下の公卿《くぎょう》である藤原擧直《たかなお》から、前夜に花山院《かざん》が崩御されたと聞き、十日になってもまだ「非可定心」(心定まるべくもあらず)と記載されています。先帝の死去ですから、当然といえば当然です。かといって「心細い」とまでの表現はありません。

こうなると、「心」表現の頻用はこの時代の女性特有のものだと考えていいでしょう。特に「心細さ」に関しては、もはや男性が使う言葉としては、例外中の例外と断じていいのかもしれません。

紫式部は「心」表現ばかりでなく、「心細さ」を全編にちりばめることによって、源氏物語の基調と心情を自家薬籠中のものにしたと言っても過言ではありません。これは、やはり「心細さ」を多く使った『蜻蛉日記』の流れに沿った手法かもしれません。

『鑑賞』はこの「心細さ」が「葵《あおい》」の巻に六回出ているのに注目し、そのうちの五回は、葵の上の没後、光源氏が左大臣邸から、退出しようとしているのを見ている女房たちについて使われていると指摘しています。葵の上に侍《はべ》る女房《にょうぼう》たち三十人は、誰もが光源氏を慕い、葵の上との仲がしっくりいっていないのを心配していたのです。そしていよいよ光源氏が出ていくのですから、女房たちは寄る辺のない不安にかられているのだと説いています。

・心憂し

今ひとつ、「心細さ」とともに「もののあわれ」を底支えする表現として、私が注目しているのは「心憂《う》し」です。「心憂し」は源氏物語で二百二十四回使われています。内訳は「心憂し」が二百三回、「心憂かり」が十八回、「心憂さ」が三回です。使用頻度は、「心細さ」よりやや多くなっています。

そして「心細さ」の現代語訳が、「心細さ」そのものであるのに対して、もう今では使われなくなった「心憂し」は、さまざまな現代語で訳されています。『鑑賞』を参考にしましょう。

つらい、情けない、嘆かわしい、無情だ、悲しい、恨めしい、不愉快だ、あきれる、不吉だ、嫌だ、厭わしい、つらい定めだ、心配だ、ひどい、嫌らしい、といった具合です。「心細さ」より一歩進んで、負の感情を表現する言葉であることが理解できます。

この「心憂し」は、『竹取物語』と『伊勢《いせ》物語』には出てきません。逆に、『落窪物語』では三十一回も使われています。この真実から、『落窪物語』の作者が女性であることは、もはや疑いようがありません。

日記ではどうでしょうか。『土佐日記』は男性の作品ですから当然ゼロです。『蜻蛉日記』は六回、『和泉式部日記』は七回、『紫式部日記』は二回です。長編である『蜻蛉日記』よりも格段に短い『和泉式部日記』のほうが、使用頻度が高いのは、意外な気もします。『蜻蛉日記』の作者は「心細さ」は常日頃感じても、「心憂し」とまでは人生を悲観的には見ていなかったのでしょう。それに対して、愛人であった兄弟親王二人に相次いで死なれた和泉式部は、「心細さ」を通り越して「心憂し」の悲嘆が強かったと言えます。

『紫式部日記』に「心憂し」が少ないのは、前述のように半ば公的な日記だったからだと思われます。藤原道長《みちなが》と娘・彰子《しょうし》中宮の日常生活を詳細に描写するにあたって、「心憂し」を多用するのは趣旨に反します。

ちなみに『枕草子』には、「心憂し」が八回使われています。「心細さ」が一回しか出てこないのとは際立った差です。怜悧な清少納言にしてみれば、物事を凝視していて、眉をひそめたくなるような「心憂し」を感じる機会が多かったのでしょう。

『鑑賞』によれば、「心憂き」が「心憂き身」になると、源氏物語では女性の生きにくさを表現しているといいます。例えば密通がその典型で、伊予介《いよのすけ》の妻でありながら光源氏と密通した空蟬、朱雀帝《すざく》に入内《じゅだい》予定だったのに光源氏と契った朧月夜《おぼろづきよ》の君、光源氏に降嫁しながら柏木と情を交わした女三の宮、夫である柏木の亡きあと、夕霧《ゆうぎり》に屈伏した落葉《おちば》の宮《みや》、そして薫という後見がありながら、匂宮に魅了された浮舟がそうです。

源氏物語の「もののあわれ」を醸し出す基調が、「心細さ」と「心憂し」であるとすれば、他の同時代の女流文学ではどうなのか、検討に値します。次項で『栄花《えいが》物語』を参考にしましょう。

（三）『源氏物語』と同時代の歴史物語

『栄花物語』のこころ

『栄花物語《えいが》』は仮名で書かれた、平安後期に成立した歴史物語です。編年体で宇多《うだ》天皇から堀河《ほりかわ》天皇まで十五代、およそ二百年を扱っています。正編の三十巻は天禄《てんろく》三年（九七二）から長元《ちょうげん》元年（一〇二八）までを記述し、続編の十巻は長元三年（一〇三〇）から寛治《かんじ》六年（一〇九二）までを記しています。藤原道長《みちなが》を中心として、藤原氏の栄華を語りつつ、当時の宮廷の様子や風俗、公達《きんだち》の振る舞いをよく描写しています。漢文で書かれた歴史書が男性向けなら、『栄花物語』は女性のために書かれた物語風の歴史書と言えます。

書き手はもちろん女性で、正編は赤染衛門《あかぞめえもん》が有力視されています。しかし続編については、前の七巻と後の三巻が別の女房《にょうぼう》によって書かれているのではと、推測されています。この三人によって「心」表現に変化が見られるかどうか、検討しましょう。必ずや面白い結果が得られるはずです。

まず取り上げるのは、巻八の「はつはな」の中の寛弘《かんこう》五年（一〇〇八）の記述です。これは花山《かざん》院が崩御された年で、『紫式部日記』の冒頭はこの年の八月中旬から始まります。彰子中宮《しょうしちゅうぐう》が第一子を懐妊したため、父の道長の邸である土御門殿《つちみかどどの》に退下して、出産準備にはいります。無事に敦成《あつひら》親王を出産したのは、九月十一日です。遅れて十月十六日、一条《いちじょう》天皇がここ土御門殿に行幸《ぎょうこう》します。『栄花物語』は、この『紫式部日記』を参考にして、書かれています。

吉川弘文館刊の『新訂増補国史大系20』に収録されている『栄花物語』（巻八）では、およそ二十六頁あります。そのうち「心」表現は二十一種あり、多い表現から列挙すると以下のようになります。「御心ち」十、「御心」六、「心ち」四、「心ぐるし」四、「心みる」三、「心やすし」三、「心ことに」三、「心心」三、「心のどか」三、「しづ心なく」二、「おなじ心」二です。一回出てくるのが、「心もとなし」「心のかぎり」「御心ざし」「心よはし」「ものの心」「心まどはし」「心ばへ」「心ゆく」「心」「道心」です。頁数が少ない割には、多彩な「心」表現が使われています。

これに対して、別の女房が書いたとされる巻三十一と巻三十二はどうでしょうか。三十八頁の長さの中に、「心」表現はわずか十二種しかありません。多い順から次の通りです。「心」五、「心心に」五、「御心」四、「心ち」四、「心にくく」四、「心のどか」二、「心やすく」一、「御心ばえ」一、「御心ざし」一、「心ぶかく」一、「心ぐるし」一、「心ことに」一、です。

ちなみに、この二巻が扱っているのは、道長が死去して、長男の頼通《よりみち》が関白、次男の教通《のりみち》が内大臣になる時期です。敦成親王が三条天皇退位のあと後一条天皇になり、その妃はやはり道長の娘の威子《いし》です。もうひとりの娘の妍子《けんし》は、つとに三条天皇の妃になっていたので、今は皇太后です。そして道長の長女で一条天皇の中宮だった彰子は、太皇太后となり、出家後は上東門院《じょうひがしもんいん》と号されます。時代は長元四年（一〇三一）で、紫式部は亡くなり、その娘の賢子《けんし》が大弐三位《だいにのさんみ》と称され、母の後継となって上東門院に仕えています。

　このあとの巻三十九と巻四十が記載するのは、関白頼通が八十三歳で死去する延久《えんきゅう》六年（一〇七四）以降です。上東門院彰子が中宮だった頃の第二子、敦良《あつなが》親王が後朱雀《ごすざく》天皇になり、道長の四女嬉子《きし》との間に生まれたのが後冷泉《ごれいぜい》天皇です。その後冷泉天皇も崩御し、後朱雀天皇の第二皇子である後三条天皇の時代になっています。

　この時代を綴った『栄花物語』第三の書き手の「心」表現はどうでしょうか。続編の後の三巻およそ三十七頁の中に「心」表現は十八あります。

　圧倒的に多いのが、「御心」で十七です。その他はぐっと少なくなり、「心」五、「御心ち」四、「心ち」四、「心ぐるし」三、「心ことに」三、「心ぶかく」二、以下一回使われているのが、「心きよき」「心はえ」「心ぼそく」「心うき」「心もとなし」「心づかひ」「心やまし」「心のどか」「心々」「心ゆく」「おなじ心」です。「心細く」と「心憂き」が一回ずつとはいえ、奇しくも登場しているのは、第一、第二の書き手にはない現象です。

　ここで三人の書き手の「心」表現の特徴を比較すると、第一の書き手では「御心ち」が多用されているのに対し、第二の書き手では全く使われず、第三の書き手では四回です。

　第三の書き手が十七回も突出して使っているのが「御心」ですが、第二の書き手では四回、第一の書き手では六回です。

　第二の書き手のみに出てくる「心」表現は「心にくく」です。この意味を現代語に直すと、奥床しい、心惹かれる、になります。あるいは、この人の口癖だったのかもしれません。

ともかく、これら三カ所の書き手が全く別人であるのは、もはや疑う余地はないでしょう。

歌人・赤染衛門の豊かな歌物語

多彩な「心」表現をしている第一の書き手とされる赤染衛門は、名の通った歌人でもありました。その素養が、豊かな「心」表現をもたらしたのではないでしょうか。

赤染衛門という奇妙な名前の由来は、赤染氏に関連しています。祖先は中国の燕国から渡来して来た氏族です。燕国は、「臙脂《えんじ》」に名を残しているように、赤色染料を産出していました。従って赤染氏は、何代にもわたって特殊な染色技術を継承してきたはずです。

この赤染の夫は、一条天皇の学問の師、侍読《じとう》でもあった文章博士《もんじようはかせ》の大江匡衡《まさひら》です。赤染の父が右衛門尉《じょう》だったので、赤染衛門と称されるようになったのです。とはいえ、実父は著名な歌人平兼盛《かねもり》だと推測されています。歌才の源はそこに発しているのでしょう。

紫式部が彰子中宮に出仕した頃、赤染衛門は道長の北の方である源倫子《りんし》の女房《にょうぼう》でした。従って顔見知りで、その歌才も、女房、妻としての働きぶりも認めていました。

もともと赤染衛門は、倫子の父である左大臣の源雅信《まさのぶ》家に仕えていました。染色の腕を買われて、一家の装束や料紙の染色を一手に引き受けていたのです。

道長は、『蜻蛉日記《かげろう》』の作者の許に通っていた兼家《かねいえ》の正妻腹の三男で、定子《ていし》中宮の父である長兄の道《みち》隆《たか》や、次兄の道兼《みちかね》と較べて地味な存在でした。しかし見込みがあると目をつけたのが、倫子の母で源雅信の北の方である穆子《ぼくし》でした。雅信の方はしぶしぶだったのです。ところが、この雅信家に婿入りしたとたん、道長の衣装が誠に鮮やかになり、兄二人を凌駕するようになったのです。赤染衛門は『栄花物語』の巻三「さまぐ〵のよろこび」の中に、さりげなく書きつけています。

北の方穆子が、四女の婿として迎えたのが、『蜻蛉日記』の作者の息子である道綱《みちつな》です。四女は残念ながら出産時に死去します。しかし穆子はその後も、道綱の許に新しい装束を届けていました。

それは道長に対しても同様で、衣替えのたび、夜と昼の衣装を二揃えずつ贈っていたそうです。『栄花物語』の巻十二「たまのむらぎく」では、八十六歳で死去したこの穆子について、詳しく綴っています。普通の歴史物語なら、こうした衣装については書かないはずなので、『栄花物語』正編の作者が、赤染衛門であるのは間違いありません。

赤染衛門は、和泉式部《いずみしきぶ》の叔母でもありました。和泉式部の父、大江匡《まさ》（雅）致《むね》は赤染衛門の夫匡衡の兄だったからです。和泉式部の最初の夫である橘 道貞《たちばなのみちさだ》が和泉守であり、父匡致が式部丞《しきぶのじょう》だったので、和泉式部と称されるようになりました。

この和泉式部が道貞と別れて、帥宮敦道《そちのみやあつみち》親王の許に出仕すると聞いて、赤染衛門が贈ったのが次の歌です。

うつろわでしばし信太の森を見よ

帰りもぞする葛のうら風

（居を移さないで、しばらくそのまま留まっていたら、どうです、道貞殿が戻ってくるやもしれません）

引歌《ひきうた》は古今和歌六帖にある「和泉なる信太の森の葛の葉の　ちえに別れて物をこそ思え」です。

これに対する和泉式部の返歌は次の通りです。

秋風はすごく吹くとも葛の葉の

うらみがおには見えじとぞ思う

（わたしに飽きて、秋風がひどく吹いたとしても、葛の葉が裏返るようには、恨み顔を見せまいと思っています）

引歌は古今和歌集にある「秋風の吹きうら返す葛の葉の　うらみても猶うらめしきかな」です。

赤染衛門の歌詠みとしての名声は紫式部も知っていて、夫の匡衡が寛弘七年（一〇一〇）三月に丹後守になっているため、「丹後守の北の方」と記述しています。正統派の歌の作風で、聞く限りは、なかなかの詠み手ではあるものの、第三句と第四句の続き具合がよろしくない、と評したあと、自分では上手だと思っているところが鼻持ちならないと苦言を呈しています。

『紫式部日記』のこの記載の直前には、和泉式部に対する批評もあります。その奔放な行状はいただけないものの、ちょっとした言葉に色艶が感じられ、正統派ではなくても、瞠目される新鮮な歌風だと持ち上げています。とはいえ、こちらが引け目を感じるまでの技量ではない、と最後にはくさすのが紫式部の韜晦《とうかい》趣味です。

ちなみにこの和泉式部は、後年、一時期紫式部の許に通っていた藤原保昌《やすまさ》と再婚します。保昌は出自がよく、母は醍醐《だいご》天皇の孫娘、叔母は村上天皇の女御《にょうご》でした。しかし家が没落してからは、道長の家司《けいし》となり、重用されます。保昌が紫式部の許に通い出したのは、夫・宣孝《のぶたか》の死後二、三年してからだと思われます。

保昌は道長あたりの影響から、つとに紫式部の才能を知っていて、言い寄ったのでしょう。このとき紫式部は三十二歳、保昌は四十八歳でした。しかしこの結婚生活は短く、保昌が肥後《ひご》守になり、西国への下向によって絶たれます。保昌が肥後まで伴ったのは正妻の北の方だったはずです。この別れに際して紫式部が詠んだ歌は次の通りです。

逢い見んと思う心は松浦なる
　鏡の神やかけて知るらん

詞書《ことばがき》が「浅からず頼めたる男の心ならず肥後の国へまかりて侍るか」となっているので、紫式部も保昌には愛着を感じていたのです。そしてこの別れが、彰子中宮への出仕を決心させたのです。

四年後、保昌は肥後守の任を終えて京に戻ります。その頃、和泉式部も彰子中宮に出仕したばかりであり、やがて保昌と結婚します。道長の口利きがあったのかもしれません。和泉式部は三十歳くらいでした。

その後、保昌は大和守と左馬頭《さまのかみ》を兼任、和泉式部と結婚して十年後には、丹後守になり、和泉式部も丹後に赴いたはずです。この頃、紫式部は彰子太皇太后にまだ仕えており、道長は出家したばかりでした。

紫式部と和泉式部が、時期を異にして同じ男性と結婚生活をしたというのは、当時の貴族階級の世間の狭さを示唆しています。

清少納言と紫式部

紫式部が赤染衛門評の直後に、厳しく批評するのが清少納言《せいしょうなごん》です。「したり顔をして偉ぶり、頭のいいのをひけらかし、漢字でものを書いている。しかしよく見れば児戯に等しい。こんな風に、他人よりは優秀だと思い込んでいる人間は、必ず見劣りがするようになり、行く末は哀れなものだ――」。これはもう、酷評ここに極まれりの見本でしょう。

『枕草子《まくらのそうし》』を読むと、確かに紫式部がせせら笑うような箇所が二つあります。百段の八月の満月に近い夜の出来事です。定子《ていし》中宮が、女房《にょうぼう》の右近《うこん》の内侍《ないし》に琵琶を弾かせています。みんなが談笑しているなかで、ひとり清少納言だけは無言で、廂《ひさし》の柱に寄りかかっています。見かねた定子中宮が、「どうして黙っているのですか、もの足りませんよ」と言いかけます。すると清少納言が、「ただ秋の月の心を見ているだけです」と答え、「やっぱりねえ」と定子中宮も応じたのです。

これで二人とも、白楽天《はくらくてん》の「琵琶行」の一節を知っていたことが分かります。

曲終収撥当心画　曲終わり、撥を収めて心に当てて画す
四絃一声如裂帛　四絃一声裂帛の如し
東船西舫悄無言　東船西舫悄として無言
唯見江心秋月白　唯だ見る江心に秋月の白さを

奇しくもここには「心」が二カ所出てきます。どちらも「真ん中」の意味で、最初の「心」は琵琶の真ん中、末尾の「心」は川の真ん中になります。

「琵琶行」は、白楽天が江州司馬に左遷された翌年に書いた物語詩です。四十五歳でした。友人を川の波止場に見送った夜、どこかの舟の中から琵琶の音が聞こえてきます。田舎臭くなく都会じみた音色なので、誰かと問うたのです。もとは長安で有名な師匠に学び、もてはやされたものの、年を取って容色が衰えた後は、商人の妻になっているという返事でした。

白楽天は感じるところがあって酒を用意させ、数曲弾いてもらいながら、あれこれと身の上話を聞いてやります。すると流浪の女の身の上に、自分が重なってきたのです。胸打たれた詩人は、七言の歌を作って、この琵琶を弾く女への贈り物にしました。

紫式部にしてみれば、あなたと白楽天では格も違い、中宮に仕える身では、悲しい身の上の女の境遇も分からないだろう、と言いたかったのです。

もうひとつは、よく知られている二九九段です。雪が降り積もった夜、格子《こうし》を下ろして、炭櫃《すみびつ》に火を起こし、女房たちが集まって話をしていました。すると定子中宮が清少納言に向かって、「少納言よ、香爐《こうろ》峰《ほう》の雪はどうですか」と問うたのです。清少納言はさっと立って格子を上げさせ、御簾《みす》を高々と上げました。定子中宮が満足げに微笑んだのはもちろんです。

この箇所も、白楽天の七言詩を下敷きにしています。

日高睡足猶慵起　日高く睡り足りて猶お起くるに慵《ものう》し
小閣重衾不怕寒　小閣に衾を重ねて寒さを怕《おそ》れず
遺愛寺鐘欹枕聴　遺愛寺の鐘は枕を欹《そばだ》てて聴き
香炉峰雪撥簾看　香炉峰の雪は簾《すだれ》を撥《かか》げて看る

白楽天は江州にいたとき、廬山の景色が気に入って、近くの香炉峰の麓に草庵を建てます。廬山には敬愛する陶淵明《とうえんめい》の故宅もあったからです。

この詩の部分は、大宰府に流された菅原道真《すがわらのみちざね》も、七言詩の「不出門《ふしゅつもん》」で下敷きにしています。

一従謫落在柴荊　一たび謫落して柴荊《さいけい》に在りてより
万死兢々跼蹐情　万死兢々たり跼蹐《きよくせき》の情
都府楼纔看瓦色　都府楼は纔《わず》かに瓦色を看
観音寺只聴鐘聲　観音寺は只鐘声を聴く

紫式部はこうした清少納言や定子中宮の教養は認めていても、清少納言が末尾に「女房たちは感心し、こうした故事は知っていて歌にも詠んでいたが、動作で応じるなど、さすが中宮様には、こうした人がふさわしい、と言った」と書きつけたのが気に入りません。鼻持ちならないと憤慨したのです。

しかし私はもうひとつ、紫式部が清少納言に恨みを持つに至った一節があったと見ています。『枕草子』一一九段の御嶽精進《みたけそうじ》の話です。吉野金峰山《きんぷせん》参詣には、地味な装束で行くのが通例でした。ところが、右衛門佐宣孝《すけのぶたか》という人が、息子の隆光《たかみつ》とともに実に派手な衣装で詣でたのです。宣孝は濃紫の指貫《さしぬき》に白の狩衣《かりぎぬ》、その下は表が淡朽葉、裏が黄色の山吹襲《やまぶきがさね》です。隆光は青の狩衣、下は紅色、袴は模様を乱れ染めにした目立つ装いでした。こんな参詣客は古来初めてだと、参拝客みんなが驚きあきれ返ったのです。

当の宣孝は、「美しい装束で参詣して、どこが悪い。御嶽の神様も、粗末な装いで来いとは言っておられないはず」と、人の冷眼もどこ吹く風でした。

清少納言はこのあと、親子は四月上旬に都に戻り、六月十日過ぎに宣孝が死去したと、まるで御嶽の神の罰が当たったというような書き方をしています。

紫式部が頭にきたのは、このくだりでしょう。事実は、当の六月に大宰大弐《だざいのだいに》兼筑前守に任じられたのです。人々はまた驚いたそうです。「ひょっとしたら御嶽のご利益かも」と噂したのかもしれません。

宣孝は御嶽詣での七年後に紫式部に求婚、その二年後に結婚します。宣孝は四十七歳、紫式部は二十七歳でした。そして翌年、一粒種の賢子《けんし》が生まれます。しかし宣孝は次の年の四月、流行していた疫病によって急死します。わずか二年間の結婚生活でした。

面白いことに、『枕草子』の八十段には、「心地よげなるもの、卯杖《うづえ》のことぶき。御神楽《みかぐら》の人長《にんじょう》」と記されています。卯杖とは、正月初の卯の日に使う魔除けの杖です。柊《ひいらぎ》や桃、梅、柳などの木を五尺三寸に切り、二、三本ずつ五色の糸で巻いて杖にしたものです。近衛府《このえふ》などから宮中に奉じられました。次の人長とは、神楽を奉じる楽団員の指揮者を指します。その恰好よさは、現代人の私たちにも容易に想像できます。

宣孝はこの神楽人長を、紫式部と結婚した翌年に務めています。ともかくこの宣孝という人は、芸事に優れ、社交性に富み、大変な能吏《のうり》でした。神楽人長の大役を終えてすぐ、今度は宇佐使《うさづかい》に任じられて、九州の宇佐神宮まで下っています。宇佐使とは勅使であり、宇佐神宮は国の安泰を祈願するために赴きます。大役なので、有職故実《ゆうそくこじつ》に長けていなければなりません。

紫式部は自分にはない明朗闊達さを持つ年上の宣孝に、惹かれるところがあったのでしょう。二人の間に生まれた賢子は、双方の美点を見事に受け継いだ人でした。母と同じく太皇太后彰子の女房として仕え、並みいる公卿《くぎょう》から言い寄られる聡明・磊落な女性でした。道長の次兄で関白だった道兼《みちかね》の息子、兼隆《かねたか》と結婚し出産します。ちょうど道長の四女の嬉子《きし》が、親仁《ちかひと》親王を産んで亡くなったので、その乳母になります。この親仁親王が後の後冷泉天皇です。そして後冷泉朝の終わり頃、賢子は従三位《じゅさんみ》に叙せられます。従三位といえば、中納言や近衛大将、大宰帥《だざいのそち》に相当し、女房の最高位である尚侍《ないしのかみ》と同じです。

またこの頃の賢子は、東宮親仁親王の世話係ともいうべき権大進《ごんのたいじょう》だった、高階成章《たかしなのなりあき》の妻でもありました。成章が大宰大弐に任じられた時、共に大宰府に下向もしています。賢子が大弐三位《だいにのさんみ》と称されたのはそのためです。

ともかく紫式部が清少納言に辛辣だったのは、清少納言がいい加減な事実を書き、浅薄な漢学をひけらかしたからでしょう。

もっとも紫式部が『紫式部日記』を書いたのは、寛弘《かんこう》七年（一〇一〇）頃でしょうから、清少納言は四十五歳、中宮定子皇后が亡くなって十年も経っています。皇后定子の一周忌に清少納言は宮廷を去り、父の清原元輔《きよはらのもとすけ》の旧宅、東福寺の近くに住んだようです。困窮した生活だったらしく、残された次の和歌にそれがにじみ出ています。

あらたまるしるしもなくて思ほゆる
古りにし世のみ恋いらるるかな

心にはそむかむとしも思わねど
　さき立つものは涙なりけり

うき身をばやるべき方もなきものを
　いづくと知りて出づる涙ぞ

あの『枕草子』の怜悧で斬新な清少納言とは打って変わって、老残の嘆きになっています。紫式部もそれを仄聞《そくぶん》していて、ほれ見たことかと思ったのでしょう。

ともかく、同時代の女流文人に対して紫式部が辛口の批判をした裏には、心の底に秘めた揺るぎない自負が感じられます。

この頃既に『源氏物語』を書き進めていました。この作品は生半可な代物ではない、持てるものすべてを、全身全霊でつぎ込んだ作品だ――。そういう自信です。

その自信に裏打ちされた源氏物語に、びっしりと詰まった「心」をさらに探っていきましょう。

第二章　源氏物語五十四帖のあらすじ、別離と死別

この章では、五十四帖の大まかな流れを辿ります。その際、登場人物たちの年齢も明記します。年齢が分かると、より物語を身近に感じるはずです。

源氏物語の大きな特徴は二つあります。ひとつは人物の描き方が三段構えになっている点です。たとえば、ある人物が心の内であれこれと思案します。いわゆる心中思惟です。あれでもない、こうでもない、いやそうともいえないし、これも考慮しないといけない、というように、登場人物は種々に思い悩みます。

その挙句、発言するときは、そんな複雑な心中思惟を簡略化して、なおかつ世間体も考慮しながら「これこれで」と口にします。これが大抵は嘘になってしまいます。本音はどうなるかというと、発せられる和歌に盛り込まれます。

つまり、Aの心中思惟、Bの嘘っぽい発言、Cの本音というように、登場人物は三段構え、もっと正確に言えば、三層の言辞の上で動くのです。そのため各人物は、あたかもスローモーションのように、考えを巡らし、心の内をはずれた発言をし、和歌で本音を吐きます。この意味で、最後の和歌が重要な

役割を果たします。和歌にこそ心が内包されているからです。源氏物語には全部で七百九十五首の和歌が挿入されているといいます。本居宣長が源氏物語を歌物語と指摘したのは、誠に言い得て妙です。平たく言えば、源氏物語はミュージカルなのです。ミュージカルでも、切々と、あるいは朗々と歌い上げられるのは心の内面です。

以上の三層構造によって、人物に深みがもたらされます。ABCの隔たりが大きいほど、人物に厚みが出るのです。その代表が光源氏と紫《むらさき》の上《うえ》、薫《かおる》の三人です。光源氏はこれによって太っ腹な人物、多情多恨ながらも泰然さを失わない人間として描かれます。紫の上は、内面に抱えた懊悩を決して表には出さず、女三《おんなさん》の宮《みや》が正妻として光源氏に降嫁して来ても、動揺は見せません。穏やかに対処します。

薫も、この三層の幅が大きいため、結局は何を考えているのか解し難い人間になっています。浮舟《うきふね》はそこに戸惑いを覚え、直情径行《けいこう》で単純な匂宮《におうみや》の方に惹かれてしまうのです。

今日ではこのような心理描写の超絶技巧を駆使できる作家は、もはや稀でしょう。

特徴の第二点は、紫式部が力を込めて、これでもか、これでもか、と筆で石を刻むが如く、描写するのが、人との別れ、人の死です。この別離、死別に対する紫式部の目には、一分の隙もありません。別れる人の心理を含めて、現象のすべてを、余す所なく書きつけます。このねばり強い筆致は、もう私たち現代作家からは消え去っているように感じます。さらに、別離を丁寧に描いているからこそ、再会の場面が生きてきます。

以下の源氏物語の要約では、この別離と死別の哀しみ、そして再会を強調します。

（一）第一部

一帖「桐壺《きりつぼ》」　桐壺更衣《こうい》の死

桐壺帝の寵愛を一身に集めているのは、中宮《ちゅうぐう》や女御《にょうご》ではなく、身分の低い桐壺の更衣でした。そこに生まれたのが玉のような皇子《おうじ》だったので、桐壺帝の寵愛は益々強まります。第一皇子を産んでいる女御や妃は不満であり、そこに仕える女房《にょうぼう》たちは、更衣やその女房に対して嫌がらせをします。渡殿《わたどの》に汚物を撒いて裾が汚れるようにしたり、通り道の前後の戸を締めて、閉じ籠めたりします。

こうした気苦労のため更衣が病を得、帝は泣く泣く里帰りを許可します。やがて更衣は死去、老母の嘆きは大きく、帝の悲しみも一入《ひとしお》です。その帝から、せめて皇子だけは内裏《だいり》に戻すように乞われた老母も、皇子が六歳になったとき他界し、物心ついた皇子は母も祖母も失って泣くばかりです。

この皇子は学問や音楽にも才能を示すので、来朝していた高麗人《こまびと》に人相見をさせると、帝になる相はあるが、そうなると世の中が乱れるので、臣下として政《まつりごと》を支える方が望ましいという見立てでした。こうして皇子は臣籍降下して源氏の姓を与えられます。

桐壺帝は亡き更衣を忘れられず、よく似ているといわれる姫君を入内《じゅだい》させます。これが藤壺宮《ふじつぼのみや》で、源氏の君も美しく成長し、「輝く日の宮」と「光る君」と並称されるようになります。

光源氏は十二歳で元服、加冠したあと、左大臣家の四歳年長の葵《あおい》の上《うえ》の婿になります。

二帖「帚木《ははきぎ》」女君たちとの種々の別れ

この帖で光源氏は十七歳になっていて、近衛中将《このえちゅうじょう》です。五月雨《さみだれ》の続く夜、物忌《ものいみ》で宮中にいる光源氏の部屋に、葵の上の兄の頭中将《とうのちゅうじょう》と左馬頭《さまのかみ》、藤式部丞《とうしきぶのじょう》の三人が集い、それぞれが自分の女性体験談を口にします。雨夜の品定めです。嫉妬深い女や、浮気な女、頼りない女、頭の良すぎる女などが披露され、万事控え目な女こそがよいという結論になります。この別れた女性談義の中で、光源氏は初めて中流の女性に興味を覚えます。

翌日、光源氏は左大臣邸の葵の上を訪問しようとしますが、方塞《かたふさ》がりのため、左大臣に仕える中川《なかがわ》の紀伊守《きのかみ》の邸へ方違《かたたが》えをします。ちょうどその頃、邸には紀伊守の父である伊予介《いよのすけ》の後妻空蟬《うつせみ》十八歳が、弟の小君《こぎみ》と一緒に身を寄せていました。

光源氏はこの小君を手なずけ、夜の更けるのを待って、空蟬の寝所に忍び込み、やさしく口説きます。しかし空蟬は受領《ずりょう》の妻とはいえ、毅然として拒み、身を硬くするのみです。それを光源氏は強引に契ってしまうのです。空蟬は悲しみ、昔の娘の身でしたらともかく、妻の身でこういうことになるとは、情けない、しかしどうかこうなったことは内緒にして下さい、と泣き沈むばかりです。

光源氏は空蟬の身代わりとして小君を近習《きんじゅ》として仕えさせます。小君に文を託しても、空蟬の返事はありません。そこで、次の方違えの日を待って、再度紀伊守邸に赴きます。空蟬は小君からこのことを知らされ、渡殿に隠れ、光源氏の文にも靡《なび》きません。近づけば消えるという信濃国《しなののくに》の園原《そのはら》にある帚木のようですね、と和歌を詠みかけた光源氏に対して、空蟬は、わたしは数ならぬ身ですので、その名の通りの憂さに消える帚木です、と返歌するのみです。

三帖「空蟬《うつせみ》」　空蟬との別れ

この帖は源氏物語の中で、五番目に短いものです。空蟬の継子である紀伊守《きのかみ》が任国に下ったため、光源氏は小君《こぎみ》の手引きで、三度目の紀伊守邸訪問をします。簾《すだれ》の隙間から中を覗くと、空蟬は紀伊守の妹の軒端荻《のきばのおぎ》と碁を打っていました。夜が更けるのを待って、光源氏は小君の先導で妻戸《つまど》の中に入り、そっと寝所《しんじょ》に近づきます。衣ずれの音に気づいた空蟬は、表着を脱ぎ捨て、単衣《ひとえ》だけの姿で抜け出します。忍び入った光源氏は、人違いと気がついたものの、軒端荻に甘言を弄《ろう》して契ります。

空蟬の脱ぎ残した薄衣を持ち帰った光源氏は、それを抱いて寝て、未練の和歌を書き、小君に託します。それを読んだ空蟬は、自分が人妻でなかったらと嘆き、和歌をしたためるのです。

四帖「夕顔《ゆうがお》」夕顔との死別

この帖でも光源氏は十七歳で、夕顔は十九歳、六条御息所《ろくじょうのみやすどころ》は二十四歳、玉鬘《たまかずら》三歳、葵の上《あおいのうえ》二十一歳です。夏の夕方、光源氏は六条御息所に通う途中、五条に住む乳母《めのと》を病気見舞いします。そのとき隣家に夕顔の花が咲いているのを見て、随身《ずいじん》に名を問い、取りにやらせます。すると隣家の女は、扇に夕顔の花を載せて贈ったのです。扇に添えられた和歌にも魅せられ、光源氏は乳母子の惟光《これみつ》の手引きで、内密にこの女に通い出します。素直な女でした。

八月十五日の名月の明け方、女と夜を共にした光源氏は、近くの廃院に女を連れ出します。終日そこで過ごした夜、物《もの》の怪《け》が現れ、夕顔は急死します。六条御息所の生霊《いきりょう》の仕業のようでした。駆けつけた惟光に遺骸を東山に運ばせ、後事を託し、光源氏は二条院に帰りますが、気もそぞろです。夜に惟光が参上して、密葬の用意ができた旨を知らせます。光源氏は泣きながら東山に赴き、安置された遺骸を見て、涙に暮れます。遺骸には、光源氏が着ていた紅の単衣が掛けられていました。

夕顔は、雨夜の品定めの折、頭中将《とうのちゅうじょう》が話した女であり、頭中将が少将だった頃に知り合い、三年経った頃、北の方から脅かされて、姿を消していました。遺児がいるはずですが、夕顔の女房の右近《うこん》もその消息を知りません。

夕顔の四十九日の法要は、比叡山の法華堂でねんごろに営んでやります。惟光の兄の阿闍梨《あざり》が読経《どきょう》をし、光源氏は願文の草案を書くときも落涙します。文章博士《もんじようはかせ》は、草案に加筆訂正も不要ですと言って、光源氏の悲しみの深さに感銘を受けます。

秋も果てて、空蟬は夫と共に任地の伊予《いよ》に下向し、軒端荻にも夫が決まります。

五帖「若紫《わかむらさき》」 祖母尼と紫の君の別れ

この帖で光源氏は十八歳の近衛中将であり、若紫、将来の紫《むらさき》の上《うえ》は十歳、藤壺宮《ふじつぼのみや》は二十三歳、葵《あおい》の上《うえ》は二十二歳です。瘧病《わらわやみ》を患った光源氏は加持祈禱を受けるため、北山にいる高名な聖を訪問します。一泊を決めた光源氏は、ある老尼の庵に、意中の人である藤壺宮に似た少女がいるのを垣間見ます。僧都《そうず》から素姓を聞くと、父は藤壺宮の兄の兵部卿宮《ひようぶきようのみや》です。母は出産後に死去し、今は祖母尼に養われているのでした。光源氏は少女を引き取りたいのですが、祖母尼は承諾しません。

一方で光源氏と葵の上との仲は、しっくりしないままです。そんな折、藤壺宮が里下りをしたのを知った光源氏は、王命婦《おうみようぶ》の手引きで、ついに思いを遂げます。これで藤壺宮は懐妊、ほどなく桐壺《きりつぼ》帝の内裏《だいり》に戻ります。

そのうち祖母尼が亡くなり、紫の君（若紫）は乳母《めのと》と共に京の邸に帰ります。光源氏はそこを訪れ、紫の君を膝に抱き上げ、添い寝をしてやり、明け方に帰宅しました。

父の兵部卿宮も来て、娘を一両日中に引き取る旨を乳母に伝えます。これを使者として訪問した惟光《これみつ》がかぎつけ、知らされた光源氏は拉致を決心します。兵部卿宮の代理を装って、紫の君を二条院に連れ出し、西の対に据え置きます。もちろん乳母も一緒で、翌日、女房や女童《めのわらわ》も呼び寄せ新生活を始めます。書の手ほどきをしたりするうちに、紫の君も少しずつ光源氏になつくようになります。

六帖「末摘花《すえつむはな》」父宮と死別した末摘花

この帖での光源氏は、十八歳から十九歳まででです。あちこちの女君たちに懸想文《けそうぶみ》を送っていた光源氏は、故常陸宮《ひたちのみや》の姫君が不如意な生活をしているのを耳にします。常陸宮邸に時々出入りしている女房《にょうぼう》の大輔命婦《たいふのみょうぶ》の手引きで、そこを訪れ、姫君の弾く琴《きん》の琴《こと》の音を聞きます。その後、言い寄りますが、返事はありません。光源氏は大輔命婦を呼んで、再び手引きをさせ、ついに障子を押し開いて、姫君と契ります。

翌日、光源氏は後朝《きぬぎぬ》の文を贈りますが、姫君の返歌は古風で、書式も現代風ではありません。その後しばらく光源氏の訪問は途絶え、大輔命婦から責められ、時折は通います。しかし姫君は顔も体もあからさまにせず、光源氏はいつも手探りでした。

それで今度は雪の夜に訪れ、寝所《しんじょ》で過ごしたあと、夜が明けたので光源氏は自ら格子《こうし》を上げます。姫君も女房たちの説得で衣装を整え、いざり出て来ます。その姿に光源氏は驚愕します。胴長で、顔は鼻が長くて先が赤いのです。取り柄は長い髪だけでした。

光源氏はこの末摘花を見捨てず、女房たちに新しい衣装を贈ります。年末の末摘花からの和歌は時代遅れで、正月用の光源氏への贈り物も、古くて古風な直衣《のうし》です。それでも光源氏は答礼として、美しい衣装の数々を末摘花に贈るのです。

七帖「紅葉賀《もみじのが》」源典侍《げんのないしのすけ》の老い

この帖の途中で、光源氏は十九歳、藤壺宮《ふじつぼのみや》は二十四歳、葵の上《あおいのうえ》は二十三歳、紫の君《むらさきのきみ》は十一歳です。

桐壺帝《きりつぼ》は朱雀院《すざくいん》の行幸《ぎょうこう》前に、清涼殿《せいりょうでん》の前庭で試楽《しがく》を催します。懐妊中の藤壺宮のためであり、青海波《せいがいは》を舞った光源氏と頭中将《とうのちゅうじょう》は一座の賞賛を浴びます。眺めていた藤壺宮の胸中は、例の密事《みそかごと》を思って穏やかではありません。行幸当日、紅葉の下での光源氏の青海波は人々を魅了します。これによって光源氏は正三位《しょうさんみ》に加階します。

一方、葵の上は光源氏が二条院に幼い紫の君を引き取ったのを知り、冷たい態度で光源氏を迎えます。光源氏はそのとりなしに苦労します。そんな折、藤壺宮が里邸に退出したので、光源氏も訪れ、藤壺宮の兄で、紫の君の実父でもある兵部卿宮《ひょうぶきょうのみや》と対面します。しかし藤壺宮との逢瀬はかないません。

やがて藤壺宮が皇子を出産、桐壺帝は大喜びし、藤壺宮の悩みは深まります。その若宮を抱いた桐壺帝と対面した光源氏も心が乱れます。他方で二条院の紫の君は、光源氏から箏《そう》の琴《こと》を習ったりして、光源氏に馴れ親しみます。

この時期、光源氏が情事を持ったのが、宮中の老女房源典侍であり、その現場を頭中将がおさえて、戯れのひと悶着が生じます。

八帖「花宴《はなのえん》」 朧月夜《おぼろづきよ》との別れの予感

この帖は源氏物語の中で四番目に短く、光源氏は二十歳、藤壺宮二十五歳、葵の上二十四歳、紫の君十二歳、朧月夜二十一歳です。二月下旬、内裏《だいり》の南殿である紫宸殿《ししんでん》で、桜の宴が開かれます。正面の玉座に桐壺帝、その左に弘徽殿女御《こきでんのにょうご》腹の東宮《とうぐう》、右に藤壺宮が着座します。光源氏の漢詩と舞は人々の賞賛を浴びます。

宴が終わって参列者が退出すると、光源氏は酔い心地で弘徽殿あたりを彷徨し、細殿《ほそどの》にはいり込みます。すると「朧月夜に似るものぞなき」と口ずさむ姫君がいたので、その袖をとらえて、契ってしまうのです。夜明け方に扇を交換して別れたのですが、惟光《これみつ》と良清《よしきよ》に探らせると、弘徽殿女御の妹だと判明します。

三月下旬、弘徽殿女御の里邸である右大臣邸で、弓の競射会が開かれます。光源氏は気が進まなかったものの、先方の使いも来て、桐壺帝からも促され、参上します。その美しい直衣《のうし》と下襲《しもがさね》姿は、藤の花の宴に花を添えます。その夜、光源氏はあの朧月夜の女君と再会します。熱い密会です。しかし朧月夜は、近々東宮に入内《じゅだい》予定だったのです。

九帖「葵《あおい》」　葵の上との死別

この帖は八帖「花宴《はなのえん》」から二年後の話であり、光源氏は二十二歳、藤壺宮《ふじつぼのみや》二十七歳、葵の上二十六歳、紫《むらさき》の上《うえ》十四歳、六条御息所《ろくじょうのみやすどころ》二十九歳、夕霧《ゆうぎり》一歳です。

桐壺《きりつぼ》帝の譲位に伴い、弘徽殿《こきでん》女御腹の新帝朱雀《すざく》院が即位し、藤壺宮腹の皇子が東宮《とうぐう》になります。これによって斎宮《さいぐう》と斎院《さいいん》も交替し、六条御息所の娘が斎宮に、弘徽殿女御《にょうご》腹の女三の宮が斎院に卜定《ぼくじょう》されます。六条御息所は新斎宮と一緒に伊勢《いせ》への下向を決意します。

賀茂祭《かものまつり》の御禊《ごけい》の日、参議のひとりとして、その行列には宰相兼右大将の光源氏も供奉《ぐぶ》します。その晴れの行列に加わる光源氏の姿をひと目見るために、六条御息所は姿をやつして、古びた網代車《あじろぐるま》で出かけます。遅れてやって来た葵の上一行は、左大臣家の権力をひけらかし、身分の低そうな牛車《ぎっしゃ》を立ち退かせます。酔った葵の上の供人たちは、車争いの中で六条御息所の牛車を後方に押しやり、そこに葵の上側の牛車が何両も乗り入れたのです。行列は見えず、六条御息所の恨みは増します。

その後、懐妊中だった葵の上が産気づき、物《もの》の怪《け》に悩まされる中で、男子（夕霧）を出産したものの、産褥からの回復が遅れて急逝します。父左大臣も嘆き、光源氏も途方にくれます。左大臣家に赴いた光源氏は、わが子を見ても涙するばかりで、ついに葵の上とは打ち解けなかった過去を悔いて念誦《ねんず》します。葵の上の母の大宮《おおみや》の悲嘆も、ひとり娘だっただけに深いのです。

光源氏は葵の上を追悼しながら、ひたすら服喪に徹し、六条御息所の弔問の歌にも、苦しみつつ返歌します。葵の上が、御息所の生霊に取り憑かれて死に絶えたのは明らかだからです。

四十九日の喪のあと、光源氏は左大臣邸を去り、桐壺《きりつぼ》院と藤壺宮に参上して、ようやく二条院に帰ります。ここで紫の君と新枕《にいまくら》を交わすのです。

年が明け、光源氏は桐壺院、宮中、東宮に新年の参賀をして、左大臣邸に赴き、故葵の上の部屋に入ります。部屋の調度はそのままなのに、もう葵の上の衣装はどこにもありません。ひと粒種の若君が無邪気に笑っているだけでした。

十帖「賢木《さかき》」 六条御息所との別れ

この帖では、主要な人物に大きな変化が起きます。光源氏は二十三歳から二十五歳、藤壺宮は二十八歳から三十歳、紫の上は十五歳から十七歳、夕霧《ゆうぎり》は二歳から四歳、六条御息所は三十歳から三十二歳、その娘の斎宮は十四歳から十六歳になります。斎宮とは斎王とも称され、天皇の名代として伊勢神宮に奉仕する未婚の女性です。斎宮は伊勢に下る前に、三年間の身潔斎をしなければなりません。一年は宮中の初斎院で、次の二年間は野宮《ののみや》です。京都嵐山の竹林の中にある野宮神社は、その野宮ゆかりの地です。

そしていよいよ、大勢の官人を従えて伊勢に向かうのが群行《ぐんこう》で、途中泊まる場所が頓宮《とんぐう》です。勢多《せた》、甲賀、垂水《たるみ》、鈴鹿、一志の各頓宮を経て、斎王宮に入ります。ここで斎宮は天皇の代替わりまで暮らします。斎王宮から伊勢神宮の外宮《げくう》、内宮《ないくう》までの距離は、およそ三里でした。

六条御息所が、娘の斎宮と一緒に伊勢下向を決めたのは、光源氏への未練を断ち切るためでもありました。下向直前の九月、光源氏は野宮で潔斎している六条御息所を訪ね、御簾《みす》を隔てて対面します。御簾の下から榊の枝を差し入れたのも、あなたへの思慕は榊のように不変ですという意思表示でした。六条御息所の心は乱れ、一夜の契りをしたあと、暁の別れをして、光源氏は帰京します。そして、六条御息所の旅装束や女房たちの衣装、旅の道具などを、美しく揃えて贈るのです。

九月十六日、斎宮は桂川で禊《みそぎ》をすまし、参内して、大極殿《だいごくでん》で帝が斎宮の髪に黄楊《つげ》の小櫛を挿す、別れの櫛の儀を終えます。

その後、病を得た桐壺院《きりつぼ》は、朱雀帝《すざく》に光源氏を重用するようにと、遺言します。桐壺院を訪れた東宮《とうぐう》と光源氏にも、院は訓戒を残し、光源氏に対しては、朱雀帝をもり立て、東宮の後見をするようにと頼むのです。桐壺院がついに崩御し、上達部《かんだちめ》以下が悲しむ中、残された藤壺宮も四十九日の行事を終えると、里邸の三条宮に退出します。

年が改まっても、光源氏の悲嘆は続き、二条院での馬や牛車の出入りはめっきり減ります。その二月、光源氏を慕う朧月夜《おぼろづきよ》が尚侍《ないしのかみ》になります。後宮《こうきゆう》女官の頂点に立つのが尚侍で、帝の寵愛を受けることもあります。それでも光源氏は朧月夜と宮廷で密会を重ね、里邸にいる藤壺宮とも契ります。藤壺宮も東宮の後見《うしろみ》である光源氏を拒めないのです。苦悩の果てに藤壺宮は出家を決意し、参内して東宮と会い、桐壺院の一周忌を終えて、法華八講《ほっけはちこう》の最終日に落飾《らくしょく》します。

ある雷雨の暁、朧月夜との密会のあと、几帳《きちょう》の中に隠れていた光源氏を右大臣が発見します。これを知った弘徽殿大后《こきでんのおおきさき》は立腹し、朱雀帝をないがしろにした密会を口実にして、光源氏の追い落としを目論むのです。

十一帖「花散里《はなちるさと》」光源氏の失意

この帖は源氏物語五十四帖のうち、二番目に短い帖で、光源氏二十五歳の五月の話です。右大臣側の圧迫で、失意の日々を送っていた光源氏は、故桐壺院《きりつぼ》の女御《にょうご》だった麗景殿《れいけいでん》女御邸を訪問します。そこには、麗景殿女御の妹である花散里も暮らしていたからです。光源氏は自分の生母である故桐壺更衣《こうい》を知っているこの女御と、昔語りをします。そのあと光源氏は花散里の居室に行き、対面します。花散里は以前と変わらぬ親しさで接してくれたのです。

十二帖「須磨《すま》」紫の上《むらさきうえ》との別れ

この帖で光源氏は二十六歳、紫の上は十八歳、藤壺宮《ふじつぼのみや》は三十一歳、明石《あかし》の君《きみ》は十七歳になっています。日を追うにつれて弘徽殿大后《こきでんのおおきさき》からの圧迫は強くなり、東宮《とうぐう》にも害が生じるのを案じた光源氏は、自ら須磨への謫居《たつきょ》を決めます。須磨はまだ畿内なので、都落ちといっても許容内の地域です。既に官位は剥奪されていて、二条院などの邸宅と財産の管理は紫の上に託します。

三月下旬、光源氏は出立を前にして、幼い夕霧《ゆうぎり》を預かる左大臣邸の人々や花散里、藤壺宮に別れを告げ、故桐壺院の御陵も訪れます。紫の上が残る二条院はもう閑散としていて、光源氏はさまざまに紫の上を慰撫します。朧月夜《おぼろづきよ》とは文を交わし、いよいよ須磨に下って行きます。

年が改まっての春、宰相中将かつての頭中将《とうのちゅうじょう》がわざわざ須磨に赴き、久々の再会になります。三月、御禊《ごけい》のために海辺に出ていた光源氏は激しい暴風雷雨と高潮に襲われます。明け方、夢の中に海龍王が出て来て、どうしてこのような所にいるのか、早く宮中に戻りなさい、と言って睨みつけます。光源氏はもはやこんな恐ろしい所にはいられないと悩みます。

十三帖「明石《あかし》」　明石の君との別れ

この帖では、光源氏二十七歳、明石の君十八歳、明石の入道《にゅうどう》が六十歳、紫《むらさき》の上《うえ》十九歳です。暴風雨は数日続き、ずぶ濡れでやって来た紫の上の使いによれば、京でも雨風は止まないそうです。光源氏たちが住吉の神に祈願している最中に、雷が落ち、回廊が焼失します。ようやく暴風雨が去り、夢枕に立ったのが故桐壺院《きりつぼ》でした。翌朝、海辺に小舟が着き、乗っていた明石の入道が言うには、夢枕に妙な者が現れて、船の準備をして須磨に向かえと命じられたといいます。

神の助けだと思い、光源氏一行は入道の浜の邸に移ります。この入道は大臣家の出自で、近衛中将の官位を捨てて、受領《ずりよう》として播磨《はりま》の国守になり、財を成して退き、仏門に入っていたのです。ひとり娘の行く末に栄華が訪れるように、住吉詣りも欠かしてはいません。光源氏は娘に関心を示し、通い出します。

他方、京の朱雀《すざく》帝の夢枕に、故桐壺帝が立ち、睨みつけられ、眼病にかかります。これを父の怒りだと覚った帝は、光源氏を復権させようと思います。反対したのが母の弘徽殿大后《こきでんのおおきさき》で、謫居《たつきよ》は早くて三年、長くて六年だと諌めます。

明石の君の懐妊が分かったあと、帝からの召還の宣旨《せんじ》が下り、光源氏は必ず京に迎えると約束して、琴《きん》の琴《こと》を弾きます。また再び合奏するときのために、琴を預け、明石を出るのです。帰京した光源氏は紫の上と再会、権大納言《ごんのだいなごん》に昇進し、朱雀帝からも請われて参内《さんだい》します。

十四帖「澪標《みおつくし》」 六条御息所《ろくじょうのみやすどころ》との死別

この帖では光源氏二十八歳から二十九歳、冷泉《れいぜい》帝十歳から十一歳、紫の上二十歳から二十一歳、明石の君十九歳から二十歳、六条御息所三十五歳から三十六歳、娘の前斎宮《さきのさいぐう》十九歳から二十歳、藤壺宮《ふじつぼのみや》三十三歳から三十四歳です。帰京した光源氏は、紫の上と再会、故桐壺院の法要を営みます。翌年二月に朱《す》雀《ざく》帝は譲位し、東宮《とうぐう》が即位します。光源氏は内大臣《ないだいじん》、舅の致仕《ちじ》の大臣《おとど》は六十三歳で太政大臣《だいじょう》、その息子の頭中将《とうのちゅうじょう》は権中納言《ごんちゅうなごん》に昇進します。

そこへ明石の君の女児出産の報が届き、光源氏は乳母《めのと》を捜して、供人を明石につけて送ります。女児出産を紫の上に告げたのはもちろんですが、子供のない紫の上は明石の君に嫉妬を覚えます。

光源氏は久しぶりに花散里《はなちるさと》を訪ねて再会し、一方で五節《ごせち》や朧月夜《おぼろづきよ》にも思いを馳せます。しかし朧月夜は朱雀院に愛されており、光源氏との逢瀬はもはや持つまいと心決めしています。

出家した藤壺宮は太上天皇《だいじょうてんのう》に準じる待遇を得て、冷泉帝とも気軽に会えるようになります。逆に朱雀院の母である弘徽殿大后は、思い通りにならなくなった世を恨むのです。

秋、光源氏は願ほどきのために住吉参詣を思い立ち、明石の君も二年ぶりに住吉大社に詣でます。舟が着くと、光源氏の一行は目も眩むほどの豪華絢爛《けんらん》さで、明石の君は身分の差を痛感します。もちろん再会はかないません。

御代替わりで、前斎宮と六条御息所は六年ぶりに帰京、しかし病を得て六条御息所は出家します。来訪した光源氏に、前斎宮の将来を託して死去するのです。光源氏は前斎宮を訪問し、故六条御息所を偲び、将来は藤壺宮の同意のもとに、前斎宮を冷泉帝に入内《じゅだい》させようと思います。

十五帖「蓬生《よもぎう》」 乳母子《めのとご》と生き別れる末摘花《すえつむはな》、光源氏との再会

この帖は、「澪標《みおつくし》」の帖と重なる頃を扱い、末摘花は二十五歳くらいでしょうか。光源氏が須磨《すま》に謫《たつ》

居《きょ》して以降、末摘花邸は荒れるがままになり、女房《にょうぼう》たちも次々に去ります。残っている女房も、どこかに移りましょうと勧めますが、ここは父の常陸宮《ひたちのみや》から譲られた邸なので移れないと、末摘花は拒みます。

末摘花の叔母は受領《ずりょう》の妻になっていて、夫が大宰大弐《だざいのだいに》に任じられたので、一緒に下向しようと誘います。この申し出も歯牙にもかけず、古風な生活を続けます。そこに実兄の禅師が末摘花を訪問し、故桐壺院《きりつぼいん》の法要に参じて、光源氏の豪勢ぶりを見聞したと伝えます。末摘花は光源氏から見捨てられたと感じて、悲しみます。叔母は末摘花が頼りにしていた乳母子の女房を連れ出して、九州に下向します。末摘花は雪に埋もれる自邸で寒々とした日々を送るしかありません。

翌年四月、花散里を訪れる途中で、光源氏は荒廃した末摘花邸に気がつき、惟光《これみつ》を案内役にして、蓬の露を払いつつ中に入ります。末摘花が以前のままにいると聞き再会します。長年放っていたのを後悔した光源氏は、逢瀬のあと、邸を修理させます。邸が立派になると、末摘花を見限って他所に散っていた女房や下僕たちも、へつらいながら戻って来ます。そして二年後、光源氏は新しく造営した二条東院《にじょうひがしのいん》に、末摘花を住まわせるのです。

十六帖「関屋《せきや》」空蟬《うつせみ》との再会、空蟬と夫の死別

この帖は、源氏物語の中では三番目に短く、光源氏と空蟬が十二年ぶりに再会する場面を描いています。光源氏二十九歳、空蟬は三十歳、その弟でかつての小君《こぎみ》は右衛門佐《うえもんのすけ》になっていて二十四歳です。空

蟬は光源氏が須磨に謫居したことは、常陸《ひたち》で聞いていました。光源氏が帰京した翌年の秋、任期が果てた常陸介一行は上京するために、打出《うちいで》の浜に着きます。その頃、光源氏は願ほどきのために石山寺《いしやま》に参詣していて、関屋で出会うのです。常陸介一行の牛車《ぎつしや》十両は杉の木立の中に隠れていましたが、下簾《したすだれ》から女たちの袖口が出ているのに光源氏は気づきます。光源氏一行の盛大な旅装束も、紅葉に照り映えています。

光源氏は空蟬の弟の右衛門佐を呼び、関迎えに参りましたと、かつての仲を喚起する文を送ります。空蟬の返事は、下向するときも、こうして上京するときも、わたしは涙していますというものでした。光源氏は、今もあなたへの思いは変わらず、常陸介が羨ましいと文を送ります。空蟬は、あの夜のことは夢のようでした、再会で心の嘆きが増していますと返事します。

京に着くと、常陸介は老いのため病床につき、子供たちに空蟬の世話を遺言して亡くなります。息子の河内守が言い寄ったために、空蟬は出家するしかありませんでした。

十七帖「絵合《えあわせ》」前斎宮《さきのさいぐう》の入内《じゆだい》

この帖には物語論と芸術論が凝縮されていて、光源氏は三十一歳、紫の上《むらさきうえ》は二十三歳、藤壺宮《ふじつぼのみや》三十六歳、朱雀院《すざく》三十四歳、冷泉帝《れいぜい》十三歳、前斎宮で梅壺女御《うめつぼのにようご》、後の秋好中宮《あきこのむちゆうぐう》は二十二歳です。六条御息所《ろくじようのみやすどころ》の遺女である前斎宮は、光源氏の養女として九歳年下の冷泉帝に入内し、梅壺女御と称されます。藤壺宮の働きかけが功を奏したのです。冷泉帝には既に権中納言《ごんのちゆうなごん》の娘が、弘徽殿女御《こきでんのにようご》として入内していました。梅壺女御が絵が上手だったので、絵好きの冷泉帝は梅壺女御の方に心が傾きます。負けてはならじと、権中納言は多くの物語絵を集め、当代の絵師に描かせて、弘徽殿女御に贈ります。光源氏も紫の上と共に、秘蔵の絵を取り揃えて、競争は激化します。

三月に、藤壺宮の御前で物語絵合せが催されます。勝負はつけ難く、光源氏の提案で、後日、冷泉帝の御前で絵合せが開催され、宮中を挙げての盛大な会になります。勝負はつかず、最後の決め手になったのは、光源氏が須磨《すま》で描いた絵日記でした。

その後、光源氏は異母弟の帥宮《そちのみや》、後の螢兵部卿宮《ほたるひようぶきようのみや》と、学問や絵画、書道について語り合うのです。

十八帖「松風《まつかぜ》」明石《あかし》の君《きみ》の父入道《にゆうどう》との離別

この帖では、光源氏三十一歳、明石の君二十二歳、明石の姫君三歳、紫の上二十三歳です。光源氏は二条院の東に、二条東院を造営し、西の対には花散里《はなちるさと》、東の対には明石の君を住まわせる心づもりをしています。しかし明石の君は上京するのに気が引け、二の足を踏みます。そこで明石の入道は京のはずれにある大堰《おおい》の邸を修理して、そこに娘たちを住まわせようと工面します。これを伝え聞いた光源氏は、惟《これ》光《みつ》を遣って邸の整備を命じます。

光源氏の催促によって、ついに明石の君は重い腰を上げ、姫君、母尼君とともに、明石を出るのです。

明石の入道との別れは、これが今上の別れになるはずなので、辛く涙に満ちたものでした。念願がかなったと安堵した明石の入道は、山深く隠棲を決めます。

一方、光源氏は嵯峨野《さがの》に御堂や桂の院を造営中でもあり、そこの用事にかこつけて、明石の君と三年ぶりに再会します。姫君の愛らしさも、格別の喜びでした。光源氏は形見の琴《きん》の琴《こと》を弾き、明石の君と歌を交わします。光源氏は姫君を紫の上の養女として引き取ることを考えます。子供に恵まれない紫の上は子供好きなので、これに賛同します。しかし問題は、娘を手放す明石の君の悲しみです。

十九帖「薄雲《うすぐも》」　明石の君と姫君の別れ

この帖は「絵合《えあわせ》」「松風《まつかぜ》」と同じ年の冬から始まります。明石の君たちが住む大堰《おおい》の邸は、冬になるに従い心細さがつのり、光源氏は二条東院の近くへの転居を勧めます。動きたくなければ、姫君を紫《むらさき》の上《うえ》に託したらどうかと迫ります。母の尼君も賛同し、ついに明石の君は我が子を手放す決意をします。

十二月の雪の日、光源氏が姫君を迎えに来て、二条院に引き取ります。姫君は母がいないのに気がついて泣き出し、乳母《めのと》と一緒にそれをなだめるのが紫の上です。そのうち姫君も紫の上に馴れて、盛大な袴着《はかまぎ》もすみます。

年が改まり、光源氏の岳父の太政大臣《だいじょうだいじん》が死去、春から病を得ていた藤壺宮《ふじつぼのみや》も他界します。世間の嘆きは大きく、光源氏も泣き暮らすばかりです。冷泉帝《れいぜい》も悲しみに沈みます。

四十九日の法要が過ぎ、近侍《きんじ》する僧都《そうず》は、周囲に人がいないのを確かめて、冷泉帝に出生の秘密を打ち明けます。真相を知った帝は密奏に感謝し、折から桃園式部卿宮《ももぞのしきぶきょうのみや》も亡くなったので、自分の不徳のせいだと思い、光源氏に譲位をほのめかします。

驚いた光源氏はこれに反対し、もしや冷泉帝が秘密を知ったのではないかと疑い、事情を知っている王命婦《おうみょうぶ》に確かめます。返事は否でした。

冷泉帝の妃である梅壺女御《うめつぼのにょうご》が二条院に下がり、光源氏は女御と春と秋のどちらがいいかの議論をします。女御は秋を好み、これから秋好中宮《あきこのむちゅうぐう》と称されるようになります。一方、春を好むのは紫の上でした。

二十帖「朝顔《あさがお》」源典侍《げんのないしのすけ》の老い

この帖では光源氏三十二歳、紫の上二十四歳、明石《あかし》の君《きみ》二十三歳、明石の姫君四歳、源典侍は七十歳です。前斎院《さきのさいいん》の朝顔《あさがお》の姫君は、父の桃園式部卿宮の死去で、仮喪のために父の旧邸桃園《ももぞの》の宮に移り住みます。そこには叔母や女五の宮も住んでいて、光源氏は老齢の女五の宮の見舞いを口実にして訪れ、前斎院に言い寄ります。しかし前斎院は靡《なび》きません。帰宅した光源氏は、朝顔の花につけて求愛の歌を贈りますが、返歌はつれないものでした。こうした光源氏の執心の噂を聞いて、悩むのは紫の上で、光源氏の外出のたびに、心穏やかではありません。ある日、光源氏が女五の宮を訪れると、そこに尼になった源典侍がいて、いまだに好き心を持っているのに閉口します。

雪の日、光源氏は二条院の童女たちを庭に出して、雪まろばしをさせ、その夜に紫の上に藤壺宮や朝顔の姫君、朧月夜《おぼろづきよ》などの人柄を語ってきかせます。それを恨んだのか、光源氏の夢枕に藤壺宮が立って、あれこれ批評したことに対して恨みを述べます。

二十一帖「少女《おとめ》」 夕霧《ゆうぎり》と雲居雁《くもいのかり》の別れの当惑

少女とは五節《ごせち》の舞姫の歌語で、この帖では光源氏は三十三歳から三十五歳、紫《むらさき》の上《うえ》は二十五歳から二十七歳、夕霧十二歳から十四歳、雲居雁十四歳から十六歳、秋好中宮《あきこのむちゆうぐう》二十四歳から二十六歳です。十二歳になって元服した夕霧に、光源氏は大学を勧め、二条東院の花散里《はなちるさと》が養母の役として勉学に励ませます。この年、梅壺《うめつぼ》の斎宮女御《さいぐうにようご》は立后して中宮になり、光源氏は太政大臣《だいじようだいじん》、かつての頭中将《とうのちゆうじよう》は右大将から内大臣《ないだいじん》に昇進します。娘の弘徽殿女御《こきでんのにようご》が立后できなかった内大臣は面白くありません。内大臣の姫である雲居雁と夕霧は、かつて祖母の大宮《おおみや》の許にして相愛の仲ですが、これを知った内大臣は二人の仲を割こうとします。一種の意趣返しです。翌年、夕霧は進士《しんじ》の試験に合格し、秋には侍従《じじゆう》になります。さらに翌年八月、四町からなる光源氏の六条院が完成、東南の春の町に紫の上、西南の秋の町に秋好中宮、東北の夏の町に花散里、西北の冬の町に明石《あかし》の君《きみ》を住まわせます。

（二）　玉鬘十帖

二十二帖「玉鬘《たまかずら》」　玉鬘の乳母《めのと》一家の別れ

この帖はいわゆる玉鬘十帖の最初の物語で、光源氏三十五歳、紫の上《むらさきのうえ》二十七歳、玉鬘二十一歳、明石《あかし》の君《きみ》二十六歳、夕霧《ゆうぎり》十四歳、大夫監《たいふのげん》三十歳です。夕顔《ゆうがお》が急死して十八年が経つのに、光源氏は夕顔を忘れられず、その侍女だった右近《うこん》は、今は紫の上に仕えています。

ところで夕顔と頭中将《とうのちゅうじょう》との間にできた姫君は、夕顔の急死の頃、西の京の乳母の許にいました。夕顔の行方が分からないまま、乳母は夫が大宰少弐《だざいのしょうに》に任官されたので、姫君を伴って九州に下ります。少弐の任期は五年で、いざ任が果てると、病死します。残されたのは三人の息子と二人の娘、姫君と乳母です。一行は、上京するにも財力がなく、筑前《ちくぜん》で数年を過ごし、姫君は玉鬘として美しく成長します。

そのうち息子や娘たちも世帯を持ち、住みついたのは肥前《ひぜん》でした。玉鬘が二十歳になる頃、求婚してきたのが大宰府《だざいふ》の官人の大夫監です。肥後《ひご》の豪族で権力者なので、息子二人はそれになびいてしまいます。しかし長男の豊後介《ぶんごのすけ》は、母の意向を汲んで帰京を決意、妹のひとりもつれあいを捨てて、出立します。悲しい別れです。一行は唐津《からつ》を舟出したものの、大夫監が追って来ているようで、びくびくしながら東に向かい、瀬戸内海に入り、播磨灘《はりまなだ》を過ぎ、ようやく京に着きます。昔の知人を頼って、貧家の多い九条あたりに住みつきます。

生活苦の中で、豊後介は玉鬘を伴い、石清水八幡宮《いわしみずはちまんぐう》そして長谷寺《はせでら》に参詣して、玉鬘の幸せを祈願しようとします。玉鬘が歩けなくなり、長谷寺の手前にある椿市で休んでいました。遅れて到着したのが、長谷寺詣での途中の右近でした。二十年ぶりの再会でした。右近は夕顔の死を乳母に伝えつつ、玉鬘の美しさに目をみはります。右近の報告を聞いた光源氏は、自分の娘として玉鬘を六条院に引き取り、夏の町の花散里《はなちるさと》に世話を託します。夕霧中将も姉として敬い、豊後介は光源氏の家司《けいし》になります。

二十三帖「初音《はつね》」出家した空蟬《うつせみ》

「玉鬘」の帖に続く、新年の六条院が舞台であり、特に紫の上が住む春の町では、梅の香が薫物《たきもの》の香と混ざって、あたかも極楽浄土のようです。そこに年賀の客が引きもきらず訪れます。二日は来客の接待のため、管絃の遊びを催しますが、若い上達部《かんだちめ》たちは玉鬘に心を寄せているようです。数日して、光源氏は二条東院《にじょうひがしのいん》の末摘花《すえつむはな》と、とうとう尼になった空蟬を訪れます。もはや情愛抜きの対面です。十四日は、殿上人《てんじょうびと》たちが足を踏みならしながら催馬楽《さいばら》を謡う、男踏歌《おとことうか》の行事があり、春の町は見物する女房たちで溢れます。その機に玉鬘は明石の姫君や紫の上と挨拶を交わすのです。

二十四帖「胡蝶《こちょう》」 玉鬘《たまかずら》の困惑

「初音《はつね》」の帖に続く晩春の三月、光源氏は龍頭鷁首《りょうとうげきしゅ》の船を新造して、春の町で船楽《ふながく》を催します。ちょうど秋好中宮《あきこのむちゅうぐう》が秋の町に里下りをしていたので、中宮の女房《にょうぼう》たちも見物し、夜の管絃と歌舞の遊びには、内大臣の息子の柏木《かしわぎ》や螢兵部卿宮《ほたるひょうぶきょうのみや》たちも参集します。翌日、秋好中宮は読経《どきょう》の会を主催し、船楽に興じた上達部《かんだちめ》たちは、秋の町に参上します。ここで紫の上《むらさきうえ》は秋好中宮と春秋優劣の歌の贈答をします。

夏四月、玉鬘の許には懸想《けそう》文が、螢兵部卿宮、鬚黒《ひげくろ》右大将、柏木《かしわぎ》などから届きます。光源氏はそれを見て、人物評価をします。しかしある雨上がりの夜、光源氏は思慕の意中をついに口にして、玉鬘の近くに添い寝したのです。玉鬘は困惑するばかりです。

二十五帖「螢《ほたる》」 夕霧《ゆうぎり》と雲居雁《くもいのかり》の別離

この帖も「胡蝶《こちょう》」に続く、光源氏三十六歳の夏で、舞台は六条院です。夏の町の西の対にいる玉鬘は、養父の光源氏から懸想《けそう》されて困惑しています。玉鬘に心を寄せる公達《きんだち》は多く、中でも熱心なのが兵部《ひょうぶ》卿宮《きょうのみや》で、何度も文が届きます。気が進まない玉鬘に、光源氏はわざわざ返事を寄せ、兵部卿宮を誘います。心を弾ませて来邸する兵部卿宮に、光源氏は一計を巡らし、薫物《たきもの》の香で雰囲気作りをします。兵部卿宮は几帳《きちょう》越しに恋情を述べますが、玉鬘は当惑するばかりで返事はしません。頃合いを見て光源氏は、几帳の帷子《かたびら》で包んでいた螢を放します。一瞬部屋の中は明るくなり、兵部卿宮は玉鬘の顔をほのかに見て、恋心が燃え上がります。以来、螢兵部卿宮と呼ばれます。

端午の節句に光源氏が夏の町の馬場で催した騎射の宴には、大勢の公達《きんだち》が集まり、その光景を玉鬘や女房たちも見物します。見物客の中には、将来玉鬘を自分のものにする鬚黒大将もいました。その夜、光源氏は花散里《はなちるさと》の許で過ごします。しかし同衾《どうきん》する仲ではなく、心を通わせて歌を詠み交わすのみです。長雨の時期になると、光源氏は玉鬘の許に行き、切々と思慕を訴え、物語に熱中する玉鬘に持論を述べ、春の町に戻って紫の上にも物語論を展開するのです。この物語論は重要なので後述します（第五章一四四―一四七頁）。

この時期、十五歳の夕霧は八歳の明石《あかし》の姫君の世話をしつつ、雲居雁のことが頭から離れません。恋心は、離れ離れの生活の中で埋火《うずみび》として燃えています。

二十六帖「常夏《とこなつ》」　内大臣《ないだいじん》の失意

この帖も「螢《ほたる》」と同じ夏の出来事を物語っています。常夏とは撫子《なでしこ》の別名です。炎暑の日、春の町の釣殿《つりどの》で光源氏と夕霧《ゆうぎり》中将が納涼していると、内大臣家の子息たちが参上します。話題は最近内大臣が引き取った近江《おうみ》の君《きみ》に集中します。内大臣が若い頃、近江守の娘に産ませた娘が名乗り出たため、柏木《かしわぎ》が迎えに行ったのです。ところが教養に欠け、早口で双六《すごろく》好きなので、内大臣一家は恥をかかされてばかりです。これを嗤《わら》った光源氏は、夕霧と雲居雁《くもいのかり》の仲を裂いている内大臣を大いに揶揄します。

西の対の前栽《せんざい》では撫子が花盛りです。夜になると光源氏は庭に篝火《かがりび》を焚かせ、玉鬘《たまかずら》に内大臣が和琴《わごん》の第一人者と伝えます。玉鬘はこれで、光源氏から和琴を教えてもらうのに抵抗がなくなり、二人の距離は縮まります。一方、次男の弁少将《べんのしょうしょう》から玉鬘の素晴らしさを聞いた内大臣は、近江の君と大違いなので面白くありません。不満たらたらで雲居雁の部屋を覗くと、素肌も見える羅《ら》の単衣で昼寝をしており、これにも腹が立ち、夕霧との間に釘をさします。ついでに近江の君の部屋に行くと、何と女房相手に双六を打っているではありませんか。早口にも呆れ果て、処遇に困った内大臣は、長女の弘徽殿女御《こきでんのにょうご》に再教育を頼むのです。

二十七帖「篝火《かがりび》」 玉鬘《たまかずら》と内大臣の生き別れ生活

この帖は、源氏物語の中で最も短く、同じ年の初秋を描いています。光源氏は西の対の玉鬘の許に行き、和琴を枕にして玉鬘の横に添い寝をしています。庭の篝火のせいで、玉鬘の美しい顔や髪が照らされています。そこへ夕霧中将と柏木頭中将《かしわぎとうのちゅうじょう》、弟の弁少将が参上し、夕霧が横笛、柏木が和琴《わごん》を弾き、弁少将が謡います。御簾《みす》の中でそれを聴く玉鬘は、実父の内大臣がどんな人か想像します。柏木の和琴も、父譲りの音に違いないからです。

二十八帖「野分《のわき》」夕霧《ゆうぎり》と雲居雁《くもいのかり》の離別生活

前帖に続く八月の六条院では、秋の町の秋好中宮《あきこのむちゅうぐう》の庭に秋の花が咲き誇っています。ところが夕刻になって、すさまじい勢いで野分が吹き出します。春の町でも前栽《せんざい》の樹木が折れそうで、縁側に出て心配そうにしている紫《むらさき》の上《うえ》の姿を、駆けつけた夕霧が垣間見ます。その美しさは樺桜《かばざくら》のようでした。

野分は夜通し吹き荒れ、祖母の大宮《おおみや》がいる三条宮で過ごした夕霧は、翌朝六条院の花散里《はなちるさと》を見舞い、壊れた箇所を修理するよう家司《けいし》に命じます。ついで春の町に赴くと、光源氏から秋好中宮への見舞いを頼まれ、秋の町に行くのです。そのあと光源氏のあとについて、夕霧は中宮の秋の町、明石《あかし》の君《きみ》の冬の町、夏の町の西の対にいる玉鬘《たまかずら》を訪ねます。光源氏が玉鬘と親密な様子を見せるので、夕霧は不審がります。春の町に戻った夕霧は八歳の明石の姫君を見て、可愛らしさが藤の花のようだと思います。

夕霧は雲居雁に文を書き、別離の悲しさを綴ります。そのあと、大宮の許に赴くと、内大臣《ないだいじん》とも顔を合わせます。内大臣は近江《おうみ》の君《きみ》の無教養ぶりをぼやくことしきりでした。

二十九帖「行幸《みゆき》」玉鬘と内大臣の対面

前帖に続く冬から翌年二月までが描かれ、光源氏は玉鬘をこの先どうしたものか苦慮しています。十二月、大原邸での鷹狩の行幸《ぎょうこう》が催され、六条院からも女君たちが牛車《ぎっしゃ》で見物に出かけます。御輿に乗った冷泉帝《れいぜい》は赤の袍衣《ほうい》を着ていて、その微動だにしない美しい横顔に、牛車の中の玉鬘は感動を覚えます。実父の内大臣の姿も初めて見て、男盛りで堂々とはしていても、やはり臣下の顔だと玉鬘は思います。鬚黒《ひげくろ》大将の姿も見えますが、嫌悪を感じるのみです。

冷泉帝に好意を持った玉鬘に、光源氏は出仕も考え、裳着《もぎ》を急ぎ、内大臣に腰結役《こしゆい》を依頼します。しかし我が娘だと知らない内大臣が辞退したため、光源氏は大宮に仲介を頼みます。参上した内大臣に、光源氏は真相を話し、裳着の儀は盛大に行われ、内大臣は我が子と初めて対面するのです。

三十帖「藤袴《ふじばかま》」大宮《おおみや》の死去

この帖も「行幸」に続く翌年の話で、光源氏は三十七歳、玉鬘《たまかずら》二十三歳、夕霧《ゆうぎり》十六歳、紫の上二十九歳、柏木《かしわぎ》二十一歳、鬚黒大将三十二歳になっています。尚侍《ないしのかみ》に任じられた玉鬘は、出仕後の苦労を考えて思い悩んでいます。そこへ喪服姿の夕霧が光源氏の使いで訪問します。玉鬘も亡くなった大宮の孫なので共に喪中です。夕霧は玉鬘が姉ではないと分かって恋心を抱きます。御簾《みす》越しに袖を引っ張り、自分たちは藤色の喪服を着ている同じ藤袴だと言って、藤袴の花を差し入れます。玉鬘は戸惑います。一方夕霧は夕顔の一件を知らないので、光源氏がどうして玉鬘を手許に置いているのか、解せません。一方の柏木は玉鬘が姉だと分かり、恋情は断ちますが、その上司の鬚黒大将の求愛は激しさを増すばかりです。

三十一帖「真木柱《まきばしら》」　真木柱の別れ

この帖はいわゆる玉鬘十帖の最後で、意外にも玉鬘の許に通い出したのは鬚黒大将でした。玉鬘付きの女房弁のおもとの手引きだったのです。光源氏は残念がり、実父の内大臣はよい後見を得たと喜びます。十一月、玉鬘は尚侍としての職務を六条院で始めますが、通って来る鬚黒大将をどうにも好きになれません。一方で鬚黒大将の北の方は苦悩し、物の怪《もののけ》が取り憑いて錯乱の傾向があります。その父の式部卿宮《しきぶきょうのみや》も困惑しています。既に二男一女がいるからです。

ある夕方、鬚黒大将は玉鬘の許に行こうとして、衣装に香を薫き染めます。ところが薫香をしていた北の方に発作が出て、伏籠《ふせご》の中にある薫炉の灰を鬚黒大将にぶちまけたのです。これで外出はおじゃんになります。

式部卿宮は北の方と子供三人を引き取る決意をし、十二歳の姫君は真木柱の割れ目に、和歌を記した紙を押し込みます。育った邸との別れです。一方、玉鬘の許から帰邸した鬚黒大将は、もぬけの殻の家に仰天し、式部卿宮邸に赴き、やっとのことで二人の息子のみを連れ戻します。

かねての予定通り、玉鬘は尚侍《ないしのかみ》として内裏《だいり》に出仕します。冷泉帝《れいぜいてい》を目にした玉鬘は、光源氏と瓜二つの容貌に驚きます。冷泉帝から寵愛を受けるのを心配した鬚黒大将は、退出を願い出て玉鬘を自邸に連れて帰ります。やがて玉鬘は男児を産みます。ここで玉鬘十帖は一応の終わりを見ます。

三十二帖「梅枝《うめがえ》」故人たちの筆跡

この帖では光源氏三十九歳、紫の上《むらさきのうえ》三十一歳、明石の君《あかしのきみ》三十歳、明石の姫君十一歳、雲居雁《くもいのかり》二十歳、夕霧《ゆうぎり》十八歳、東宮《とうぐう》十三歳、秋好中宮《あきこのむちゅうぐう》二十歳です。光源氏は明石の姫君を東宮に入内《じゅだい》させようとし、姫君の裳着《もぎ》の前に薫物合せ《たきものあわせ》を思い立ちます。そのため、二条院の倉にある古い香料と舶来の香料を選り分け、六条院の女君や他の女君に送り、調合を競い合わせます。二月、紅梅が花盛りのとき、螢兵部卿宮《ほたるひょうぶきょうのみや》を迎えて薫香の優劣を判じさせました。優劣はつけ難く、やや朝顔《あさがお》の姫君の調合したものが優れていました。そのあと月光下で管絃の宴が催されます。柏木頭中将《かしわぎとうのちゅうじょう》は和琴《わごん》、螢兵部卿宮は琵琶、光源氏は箏《そう》の琴《こと》、夕霧宰相中将は横笛で、催馬楽《さいばら》の「梅が枝」を謡うのが弁少将《べんのしょうしょう》でした。

明石の姫君の腰結役《こしゆい》は秋好中宮で、無事に裳着の儀を終えると、光源氏は入内《じゅだい》の準備にかかり、調度の品を選びます。習字の手本としては、漢文は昔のもの、仮名は当代のほうがいいと評します。その名筆として光源氏が賞賛するのが、故六条御息所、故藤壺宮、朧月夜《おぼろづきよ》、朝顔の姫君、そして紫の上でした。

三十三帖「藤裏葉《ふじのうらば》」　大宮《おおみや》の法事、夕霧と雲居雁の再会

雲居雁の嫁ぎ先に悩んだ内大臣《ないだいじん》は、二年前に亡くなった大宮の法事を極楽寺で催すのを機に、夕霧を許そうと考えます。夕霧の袖口を引き寄せて、私をそう恨みなさんなと言いかけたのです。

四月の初め、内大臣は庭の藤の花が咲き乱れたので、管絃の遊びを催したあと、柏木を使者にして夕霧を呼びやらせます。宴は酒席になり、内大臣は酔いの力を借りて、これまでの非礼を夕霧に謝ります。深更になると、内大臣の指示で、柏木が夕霧を雲居雁の部屋に案内します。こうして再会し、六年越しの恋が成就したのです。

四月下旬、明石の姫君が東宮に入内し、紫の上は、明石の姫君の世話役を明石の君に譲ります。宮中に赴いた明石の君は八年ぶりに我が娘と再会します。その行き届いた世話ぶりに周囲も感嘆するのです。

年が明けて四十歳になった光源氏は准太上《だいじょう》天皇になり、内大臣は太政大臣、夕霧は中納言に昇進します。晴れて結婚した夕霧と雲居雁は、大宮から受け継いだ三条殿に移ります。十月、朱雀《すざく》院と冷泉《れいぜい》帝が六条院に行幸《ぎょうこう》し、六条院の栄華はここに極まります。源氏物語の第一部はここで幕を閉じます。玉鬘《たまかずら》十帖はこの第一部の後半にはめ込まれているのです。

（二）　第二部

三十四帖「若菜上《わかなのじょう》」　明石《あかし》の入道《にゅうどう》の遺書

この帖は源氏物語の中で最も長く、光源氏は三十九歳、紫の上《むらさきのうえ》が三十一歳、女三の宮《おんなさんのみや》十三歳、玉鬘《たまかずら》二十五歳、秋好中宮《あきこのむちゅうぐう》三十歳、夕霧《ゆうぎり》十八歳、柏木《かしわぎ》二十三歳です。朱雀《すざく》院は病を得て出家を考えます。気になるのはまだ幼い娘の女三の宮です。皇女なので婿になりたがる親王や上達部《かんだちめ》は多く、螢兵部卿宮《ほたるひょうぶきょうのみや》や柏木衛門督《えもんのかみ》、朱雀院の別当の大納言が熱心です。夕霧も候補に上がりますが、結局、適役は光源氏しかないという結論に至ります。光源氏も、女三の宮が亡き藤壺宮《ふじつぼのみや》の姪なので興味を抱きます。年末、女三の宮の裳着《もぎ》のあと、朱雀院は出家をし、見舞った光源氏は同情する余り、女三の宮を引き受けます。それを伝えられた紫の上の嘆きは一入《ひとしお》です。

いよいよ女三の宮が降嫁してきたので、紫の上は仕方なく春の町の東の対に移ります。他方で光源氏は女三の宮の幼さに失望、改めて紫の上の人柄に感じ入るのです。

出家した朱雀院は山寺に移り、光源氏は二条宮に里下がりをしてきた朧月夜《おぼろづきよ》と再会して情を交わします。ここでも紫の上は苦悩します。年が改まると、懐妊した明石の姫君は明石の君と共に冬の町に移り、そこで祖母の明石の尼から、明石で誕生した頃の話を聞かされます。三月に男児が生まれ、これを知った明石の入道は妻の明石の尼に遺書を送り、深山に身を隠します。光源氏は入道の遺書を読み、その願いが我が一族から皇子が生まれることだったと理解します。明石の姫君を気高く育てたのは紫の上であり、養母として完璧でした。

三月末、六条院で催された蹴鞠《けまり》の遊びで、見事な技を披露するのは柏木です。折から飛び出した唐猫《からねこ》の綱が御簾《みす》を押し広げ、柏木はその隙間から女三の宮の立ち姿を見て、魅了されます。女三の宮の乳母子である小侍従《こじじゅう》を介して、柏木は恋慕の手紙を送りつけるのです。

三十五帖「若菜下《わかなのげ》」 冷泉帝《れいぜい》の退位、紫の上の発病

この帖も「若菜上」に続いて、源氏物語の中では二番目の長さです。若菜上下を合わせると、源氏物語の一割強の長さになります。物語の重要な転回点なので、紫式部が渾身の力を込めて筆を進めた箇所でしょう。光源氏の四十一歳から四十七歳までの六年間が語られ、末尾で紫の上は三十九歳、秋好中宮は三十八歳、明石の君も三十八歳、明石の女御《にょうご》は十九歳、玉鬘三十三歳、夕霧二十六歳、雲居雁《くもいのかり》二十八歳、女三の宮二十一歳、柏木《かしわぎ》三十一歳になります。女三の宮への思慕に煩悶する柏木は、東宮《とうぐう》を介して女三の宮の唐猫を借り受け、愛撫して自らを慰めます。一方で式部卿宮は、孫娘の真木柱《まきばしら》と柏木の結婚を考えていたのを断念し、螢兵部卿宮と再婚させるのですが、年の差もあって仲はしっくりきません。

その後四年が経ち、在位十八年の冷泉帝が退位し、今上帝《きんじょう》が践祚《せんそ》し、明石の女御腹の第一皇子が東宮

になります。折から朱雀院が女三の宮との対面を希望したので、光源氏は院の五十《いか》の賀を企画します。宴に備えて光源氏は女三の宮に琴《きん》の琴《こと》を教え込み、正月の梅の盛りの頃、女楽《おんながく》を催しました。紫の上は和琴《わごん》、明石の君は琵琶、明石の女御は箏《そう》、女三の宮は琴《きん》です。

この時期紫の上は出家を望みますが、光源氏は許しません。しかし紫の上は病を得て二条院に移ります。他方柏木衛門督は中納言になり、女二の宮と結婚したものの、女三の宮への執心は募るばかりです。光源氏が二条院で紫の上の看病に尽くしている隙に、小侍従の手引きで柏木は女三の宮の寝所に侵入し、思いを遂げます。

六月、紫の上が小康を得たので、六条院に戻った光源氏は、女三の宮の懐妊を知って不審に思います。柏木の文を見つけてすべてを知り得た光源氏の驚愕が、本書の冒頭「はじめに」に記した部分に如実に表現されています。密通が知られたと分かった女三の宮も、柏木も恐れおののき、光源氏自身も苦悩します。

この頃、朧月夜も出家し、朱雀院の五十賀の前の試楽の稽古で、光源氏から睨まれて厳しい皮肉を言われた柏木は、ついに病の床に就きます。

三十六帖「柏木《かしわぎ》」　柏木の死去

前帖の朱雀《すざく》院の五十の賀のあと、年が改まっても、柏木の病は快方に向かいません。死を覚った柏木は懊悩《おうのう》しながら、小侍従《こじじゅう》を介して女三《おんなさん》の宮《みや》に文を届けます。女三の宮からの返事を貰った柏木は、最期の手紙を送り、翌日に女三の宮は男児薫《かおる》を出産します。盛大に行う産養《うぶやしない》の中で、光源氏は苦しみ、女三の宮に寄り添えません。その冷淡さに女三の宮は絶望し、夜陰に紛れて見舞った父の朱雀院に懇願して出家します。

他方、今上《きんじょう》帝は柏木の重態を哀れに思い、権大納言《ごんのだいなごん》に任じ、その昇進祝いを兼ねて、夕霧《ゆうぎり》は柏木を見舞います。柏木は夕霧に真相をほのめかしつつ、妻の女二の宮の今後を夕霧に託したあと、息絶えます。

三十七帖「横笛《よこぶえ》」　柏木の遺品

この帖では光源氏四十九歳、夕霧二十八歳、雲居雁《くもいのかり》三十歳、女三の宮二十三歳、明石《あかし》の女御二十一歳、薫二歳です。故柏木の一周忌の春、柏木の人柄を偲ぶ人が多い中で、格段心を込めて供養をしたのは光源氏と夕霧でした。ある日、朱雀院は女三の宮に筍《たけのこ》や野老《ところ》を送り、女三の宮を訪れた光源氏は、這い出て来て筍をかじる薫を見て、心を和ませます。あの密通は自分の宿命だったと、半ば諦念します。

一方、夕霧は柏木の遺言に従って一条宮を訪ね、寡婦になった女二の宮の落葉《おちば》の宮《みや》に意中をほのめかします。母の一条御息所《いちじょうのみやすどころ》は、柏木愛用の横笛を夕霧に贈ります。その夜、夕霧の夢枕に柏木が立ち、その笛は私の遺児に伝えてくれと言ったのです。しかしその遺児が誰なのかは分かりません。夕霧が首を捻りつつ六条院に赴くと、明石の女御腹の二の宮と三の宮がまとわりつきます。この三歳になる三の宮が将来の匂宮《におうみや》です。もうひとり二歳の男の子もいて、どことなく柏木に似ています。しかしまさかと夕霧は胸の内で否定しますが、この男の子こそ将来の薫《かおる》です。夕霧の話を聞いた光源氏は笛の伝来を説明し、その笛を預かります。

三十八帖「鈴虫《すずむし》」 故六条御息所《ろくじょうのみやすどころ》の怨霊

この帖は「横笛《よこぶえ》」に続いて、柏木《かしわぎ》死去一年後の夏から秋の物語です。蓮の花盛り頃、光源氏は女三《おんなさん》の宮《みや》が持っている仏像の開眼供養を催します。秋には女三の宮のために、前栽《せんざい》を秋の野に造って鈴虫を放ちます。八月十五日、光源氏は女三の宮の許で、鈴虫の音を聞きながら琴《きん》の琴《こと》を奏でます。そこへ螢《ほたる》兵部卿宮《ひょうぶきょうのみや》や夕霧、その他多くの殿上人《てんじょうびと》が集まり、管絃の宴になると、冷泉《れいぜい》院から誘いがあり、一同はそこに参上、詩歌管絃の遊びで夜を明かすのです。翌朝、冷泉院御所にいる秋好中宮《あきこのむちゅうぐう》を訪問すると、出家の意向を打ち明けられて、光源氏は反対します。秋好中宮は母の故六条御息所が成仏できていないので、死霊となって大切な人たちに災いをもたらしているのではないか、と懸念しているのです。

三十九帖「夕霧《ゆうぎり》」 一条御息所《いちじょうのみやすどころ》と落葉《おちば》の宮《みや》の死別

柏木の死後、落葉の宮は母の一条御息所と小野《おの》の山荘に下がっています。御息所が病床にあると聞いた夕霧は、見舞いを口実に小野を訪れ、落葉の宮に迫ります。しかし落葉の宮は塗籠《ぬりごめ》にはいって錠を鎖したので、夕霧は仕方なくその外で一夜を過ごします。二人が同衾《どうきん》したと誤解した一条御息所は、その後の訪れがないのを嘆き、一夜の戯れでしょうかと問い質《ただ》す文を送りつけます。誠意ある妻恋であれば、三夜通うのが習わしだからです。ところがその文を読もうとした瞬間、嫉妬した雲居雁《くもいのかり》が背後から奪い取ります。そのため手紙の内容が分からない夕霧は、返信ができません。落胆した御息所は急逝します。

この噂を耳にした光源氏は心を痛め、病床の紫《むらさき》の上《うえ》も女の哀しみをかみしめます。その後、夕霧は落葉の宮を一条宮に移し、強引に迫ります。落葉の宮は拒み通せず、夕霧の妻になり、怒った雲居雁は子供を連れて実家に帰ってしまいます。

四十帖「御法《みのり》」紫《むらさき》の上《うえ》との死別

この帖では、光源氏五十一歳、紫の上四十三歳、秋好中宮《あきこのむちゅうぐう》四十二歳、明石《あかし》の君《きみ》四十二歳、明石の中宮二十三歳、夕霧三十歳、匂宮《におうみや》五歳、薫《かおる》四歳です。四年前に大病をして以来、紫の上は少しずつ弱ってきた自らを悟り、出家を望みますが、光源氏は相変わらず許しません。三月、二条院で、紫の上主催の法華経《ほっけきょう》千部の供養が催されたのも、後世を願うためで、今上帝や夕霧、秋好中宮、明石の中宮、花散里《はなちるさと》、明石の君も参列します。夏になると紫の上の衰弱はひどくなり、自分が育て上げた明石の中宮と匂宮に、さりげなく遺言します。光源氏は二条院に籠ってひたすら紫の上の看病に尽くすのですが、容態は急変し、紫の上は明石の中宮に手を取られたまま、息絶えます。茫然自失のまま、光源氏は灯火をかかげて、紫の上の美しい死顔に見入り、夕霧もその顔を初めて間近に目にし、感動します。

八月十五日の葬送の際も光源氏は足が地につかず、家に帰りついたあとも、臥しても起きても涙の涸れる間もありません。弔問の人々とも会わず、悲嘆の内に勤行に励むのです。

四十一帖「幻《まぼろし》」光源氏の老い

五十二歳の光源氏はこの帖で姿を消します。年が改まっても、光源氏の悲しみは深まるばかりで、蛍《ほたる》兵部卿宮《ひょうぶきょうのみや》以外、拝賀の人々とも対面は避け、紫の上を知る女房たちとのみ語らって、故人を偲ぶのです。紅梅が咲いても、桜になっても故人の面影が甦ります。初夏になると、花散里が衣更えの衣装を贈ります。時は葵祭《あおい》、五月雨、七夕と過ぎ、八月の一周忌では、曼荼羅を供養します。九月九日の重陽《ちょうよう》が過ぎ、十月の時雨には雁《かり》の音を聞きながら、亡き魂の行方を思って新たに涙します。十一月の五節《ごせち》の賑やかさを見ても、心は塞いだままです。

そして年の暮れに紫の上が須磨《すま》に書き送った文の束も焼き、最期の歌を詠みます。

もの思うと過ぐる月日も知らぬ間に
　年もわが世も今日や尽きぬる

物思いをしつつ月日が経つのも気づかないまま、年も私の人生もいよいよ今日で終わってしまう、という嘆息でした。これでいわゆる第二部は幕を下ろします。

(四) 第三部

四十二帖「匂兵部卿《におうひょうぶきょう》」光源氏の死後

この帖以降の三帖は、源氏物語の第二部から宇治十帖への橋渡しになっていて、前帖の「幻《まぼろし》」から九年後の話です。第三部の後半に、宇治十帖が置かれていると考えていいでしょう。薫《かおる》は十四歳から二十歳、匂宮《におうみや》は十五歳から二十一歳、夕霧《ゆうぎり》は四十歳から四十六歳、冷泉院《れいぜい》は四十三歳から四十九歳、秋好中《あきこのむ》宮は五十二歳から五十八歳、明石《あかし》の君《きみ》も五十二歳から五十八歳、明石の中宮は三十三歳から三十九歳、女三《おんなさん》の宮《みや》は三十六歳から四十二歳と、六年間の物語になります。

光源氏没後、その名声を継ぐような人物は見当たらず、わずかに今上《きんじょう》帝の三の宮と女三の宮の若君のみが高い評価を受けています。三の宮は元服して兵部卿宮《ひょうぶきょうのみや》になり、若君の薫は特に冷泉院に可愛がられて十四歳の春に元服して侍従《じじゅう》になり、秋には右近中将にまで昇進します。この薫中将は、生来体から発散する芳香のために薫る中将と呼ばれ、一方の兵部卿宮は薫香に造詣が深く、衣装にいつもいい匂いを薫き染めているので、匂《にお》兵部卿宮と言われて、並び称されています。

匂宮は冷泉院の女一の宮に好意を抱き、薫は生来厭世の思いが深く、容易に女君に心を寄せません。十九歳で三位宰相《さんみのさいしょう》になります。年明けの正月、薫の兄である夕霧は、賭弓《のりゆみ》の還饗《かえりあるじ》を六条院で催すために、匂宮や薫その他の殿上人《てんじょうびと》を招待します。

四十三帖「紅梅《こうばい》」 真木柱《まきばしら》の再々婚

この帖では薫二十四歳、夕霧五十歳、紅梅大納言五十四歳、真木柱四十六歳、宇治の大君《おおいぎみ》二十六歳、宇治の中の君二十四歳で、主にかつての頭中将である、致仕《ちじ》の大臣《おとど》家の子供に関する去就が語られます。

故柏木の弟の按察使《あぜちの》大納言は、故北の方との間に二人の姉妹、大君と中の君がいて、大君は東宮《とうぐう》妃になり、麗景殿《れいけいでん》に住んでいます。この頃大納言は故螢兵部卿宮の寡婦真木柱を妻に迎え、その間に男子の大夫の君が生まれています。さらに真木柱は螢兵部卿宮との間に産んだ姫君の宮の御方も、連れ子として大納言邸に住まわせています。この宮の御方はなかなか大納言に打ち解けません。大納言は中の君を匂宮にと考えて、邸の紅梅の枝に歌をつけて、匂宮に贈るのです。ここから按察大納言は紅梅大納言と言われるようになります。ところが匂宮の意中の人は宮の御方なのです。真木柱は、匂宮の好色ぶりを聞いていて乗り気ではありません。匂宮が宇治の八の宮の姫君にも惹かれていると聞き、いよいよ二の足を踏みます。

四十四帖「竹河《たけかわ》」寡婦となった玉鬘《たまかずら》の嘆き

この帖は、源氏物語では珍しく、語り手は故鬚黒太政大臣《ひげくろのだいじょうだいじん》家に仕えていた老女房《にょうぼう》だと明言されていて、夫亡きあとの邸を守る玉鬘の九年間の心労が語られます。薫《かおる》は十四歳から二十三歳、匂宮《におうみや》は十五歳から二十四歳、夕霧《ゆうぎり》は四十歳から四十九歳、玉鬘は四十七歳から五十六歳、冷泉院《れいぜいいん》は四十三歳から五十二歳、蔵人少将は十九歳から二十八歳です。

夫の鬚黒太政大臣を亡くしたあと、玉鬘の悩みは養育している三男二女の身の振り方です。夫が娘の入内《じゅだい》を望んでいたので、長女の大君《おおいぎみ》を今上《きんじょう》帝にと考え、今上帝からもその要望が示されたものの、今上帝の中宮は、今をときめくかつての明石の姫君なので、玉鬘はためらいます。一方、冷泉院からも要望があり、自分が尚侍《ないしのかみ》として、不充分な役目しかしていなかった負い目から、大君を入内《じゅだい》させます。今上帝には、自分に代わって中の君を尚侍として出仕させます。

実は夕霧右大臣の子息の蔵人少将も、大君に懸想《けそう》していたのですが、玉鬘は亡夫が臣下との結婚を望んでいなかったので、断ってしまいます。夕霧と母の雲居雁が落胆したのはもちろんです。一方で薫も、密かに大君に心を寄せていたのでがっかりです。やがて大君は姫宮を出産し、そのあと男皇子も生まれますが、これによって冷泉院の妃である弘徽殿女御《こきでんのにょうご》などから恨まれて、里居がちになります。玉鬘はその苦境を薫に訴えたものの、薫とて手助けするすべはありません。薫は中納言、蔵人少将も参議に昇進し、羽振りがよくなります。夕霧は左大臣、紅梅大納言は右大臣になり、両家とも大繁栄です。しかし玉鬘の子息はことごとく栄達とは遠く、玉鬘は自分の思惑がすべて裏目に出たのを嘆くのです。

この「竹河」で源氏物語第三部の序章が終わり、いよいよ最後の宇治十帖に突入します。

(五) 宇治十帖

四十五帖「橋姫《はしひめ》」亡き柏木《かしわぎ》の文反古《ふみほご》

この帖の冒頭では、薫《かおる》二十歳、匂宮《におうみや》二十一歳、八の宮の大君《おおいぎみ》二十二歳、中《なか》の君《きみ》二十歳、夕霧《ゆうぎり》四十六歳です。薫は冷泉院《れいぜいい》に伺候する宇治の阿闍梨《あざり》を通じて、故桐壺院《きりつぼ》の末子で、故光源氏の異母弟である八の宮を知ります。仏道に精進している八の宮の許に、道心を持つ薫は足繁く通うようになります。八の宮には、大君と中の君という二人の姫君がいて、北の方亡きあとは、男手ひとつで育てていました。

宇治通いが三年になった秋の末、薫は八の宮の留守中に、月下で琵琶と箏《そう》を合奏する姉妹を垣間見て、翌朝に大君と歌を詠み交わし、思慮深い大君に心を惹かれます。姉妹に仕える老女房の弁は、実は柏木《かしわぎ》の乳母子《めのとご》で、薫は自分の出生に関する秘め事をほのめかされます。冬になり、八の宮が娘二人の将来を薫に託したいと語ったその夜、薫はついに弁から出生の秘密を聞かされ、女三の宮《おんなさんのみや》宛の柏木の形見の文反古も受け取ります。二十余年ぶりに、秘匿されていた手紙は遺児に渡ったのです。

四十六帖「椎本《しいがもと》」 八の宮との死別

この帖では、薫は二十三歳から二十四歳、匂宮は二十四歳から二十五歳、大君二十五歳から二十六歳、中の君二十三歳から二十四歳、夕霧四十九歳から五十歳です。二月、匂宮は初瀬《はつせ》詣のため、夕霧が所有している宇治の別荘で中宿りをします。夕方になって管絃の宴が始まると、楽の音は対岸の八の宮の山荘まで届くのです。笛の音を聴いた八の宮は、これは致仕《ちじ》の大臣《おとど》の一族の音色だと察します。真実その笛は、致仕の大臣から柏木、そして薫へと伝授されたものでした。八の宮は別荘に文を送り、薫はそれに応じて上達部《かんだちめ》を伴って八の宮邸に移って、演奏します。身分柄、簡単には動けない匂宮は、和歌を殿上童に持たせて対岸まで贈り、老女房たちの勧めで返歌したのは中の君でした。その後も匂宮はしばしば宇治に文を送ります。八の宮の勧めで、返事をするのはいつも中の君でした。

秋、薫は中納言になり、宇治に赴くと、八の宮から改めて姫君二人の将来を託されます。死が近いのを覚った八の宮は、姫君たちに宇治から出るなと遺言をし、阿闍梨の山寺に籠り、他界します。薫は宇治に赴いて、丁重な葬儀と法要を営んでやります。その後も宇治通いをするうちに、薫は大君に心惹かれるようになるのですが、大君の態度は冷静そのものです。

四十七帖「総角《あげまき》」大君《おおいぎみ》との死別

この帖は「若菜上《わかなのじょう》」「若菜下《わかなのげ》」、そしてこの帖のあとの方に控える「宿木《やどりぎ》」の帖に続いて、源氏物語の中では四番目に長くなっています。八の宮の一周忌が近くなり、二十四歳になった薫《かおる》は大君二十六歳に思慕の念を明かします。しかし大君はそれを避け続けます。妹の中の君二十四歳の将来を、薫に託す心づもりだったからです。一周忌が終わって薫は女房《にょうぼう》の手引きで大君の寝所に入ったのですが、大君は気配を察して妹を残したまま逃れ出ます。その中の君とは何事も起こらないまま、苦悩の一夜が明けるのです。

大君の思惑をそらすべく、薫は中の君と匂宮《におうみや》を結びつけようとして、宇治へ連れて行き、中の君の許に導きます。二人の契りが成立した一方、薫に対する大君の拒絶は続きます。匂宮の宇治行は、重々しい身分のために軽々しくはできません。冬の十月、匂宮は紅葉狩を口実に宇治に赴きますが、供奉《ぐぶ》する多くの人々の目があるため、中の君に会えないまま帰京します。匂宮の途絶えに苦しんだのが姉の大君で、病がちになります。そこへ追い打ちをかけるように、匂宮が夕霧五十歳の娘の六の君と結婚するという噂が届きます。これを耳にした大君は落胆の余り床に就き、十一月の吹雪の夜、薫に看取られながら息絶えます。薫は悲しみの底に沈み、一方の匂宮は中の君を京の二条院に引き取る決心をします。

四十八帖「早蕨《さわらび》」大君を亡くした薫と中の君の悲嘆

この帖では薫二十五歳、匂宮二十六歳、中の君二十五歳、明石《あかし》の中宮四十四歳、夕霧《ゆうぎり》五十一歳です。大君を失った中の君の哀しみは、父八の宮を亡くしたとき以上の深さです。服喪が明けた二月、中の君は二条院に移るしかなくなり、薫はその準備を心を込めてしてやります。花盛りの頃、薫は女房を介して中の君とも話をします。それを見た匂宮は、二人の間柄が怪しいと勘ぐります。

四十九帖「宿木《やどりぎ》」薫《かおる》の亡き大君《おおいぎみ》への未練

この帖は宇治十帖の中で最も長く、源氏物語でも三番目の長さになっています。薫は二十五歳から二十七歳、匂宮《におうみや》は二十六歳から二十八歳、中の君は二十五歳から二十七歳、浮舟《うきふね》二十歳から二十二歳、女二の宮十五歳から十七歳、夕霧《ゆうぎり》五十一歳から五十三歳、六の君二十一歳から二十三歳です。

今上帝《きんじょう》の藤壺女御《ふじつぼのにょうご》には、明石《あかし》の中宮が子沢山なのに対して、女二の宮ひとりしか生まれておらず、その裳着《もぎ》の儀の前に女御は急逝してしまいます。菊の盛りの頃、今上帝は薫と碁を打ちながら、女二の宮の降嫁をほのめかします。薫は気乗り薄です。この話を聞いた夕霧は、娘の六の君の婿に匂宮をと心決めします。

翌年の夏、薫は女二の宮との結婚を考えるものの、大君を忘れられません。一方の匂宮と六の君との結婚は八月に予定され、中の君は苦悩します。それを慰めに行くのが薫です。いよいよ匂宮は六の君と結婚、その後は二条院から足が遠のきます。ある夜、薫は中の君の袖をとらえて簾中に入り、添い寝をしたのですが、中の君の懐妊に気がつき、驚いて退出します。六の君のいる六条院から二条院に戻った匂宮は、薫の移り香に気がつき、怪しいと思います。

薫は亡き大君を忘れられず、中の君に宇治の山荘を改築して、そこに大君の人形《ひとがた》を作りたいと話します。それを聞いた中の君は、それほどまでに大君が恋しいのなら、大君にそっくりの異母妹がいると白状します。弁《べん》の尼《あま》の口から大君に生き写しの女君、浮舟の素姓を聞き出します。年が改まり、中の君は男児を出産、一方の薫は不承不承ながら今上帝の女二の宮と結婚します。そして四月下旬、宇治に赴いた薫は、偶然に浮舟の一行と行き合わせ、垣間見た浮舟が確かに大君に酷似しているのに、心を揺さぶられます。

五十帖「東屋《あずまや》」　浮舟と母中将の君の別れ

この帖では薫二十七歳、匂宮二十八歳、浮舟二十二歳です。浮舟は、実は八の宮と女房中将の君との間に生まれた娘で、身分の違いから八の宮は我が子として認知しなかったのです。中将の君はその後幼い浮舟を連れて常陸介《ひたちのすけ》の後妻になり、長年そこで暮らしたのです。帰京した常陸介は財を成してはいるものの、粗野で教養には欠けます。中将の君は、薫が浮舟に関心を持っているのを知って喜びますが、身分も違うので、求婚者の中から左近少将を選びます。しかし浮舟が常陸介の実子でないと分かった左近少将は、怒って縁談を破棄し、代わりに実の娘に乗り換えます。常陸介は大喜びです。

失望した母の中将の君は、浮舟を中の君に預かってもらうよう頼み込みます。ある夕暮、浮舟を見つけて近づいたのが匂宮で、浮舟の乳母が睨みつけて阻止します。これを知った中将の君は、二条院も恐い所だと覚り、浮舟を三条の東屋に移します。秋に宇治を訪れた薫は、弁の尼から一部始終を聞き、その仲介で東屋を訪れます。そして翌日、薫は浮舟を宇治へと引き戻したのです。

五十一帖「浮舟《うきふね》」　苦悩の浮舟、入水の決意

この帖では、薫《かおる》二十八歳、匂宮《におうみや》二十九歳、中の君二十八歳、浮舟二十三歳、夕霧《ゆうぎり》五十四歳、明石《あかし》の中《ちゅう》宮《ぐう》四十七歳です。匂宮は二条院で見た浮舟が忘れられず、中の君に素姓を訊きますが、成り行きを懸念した中の君は言葉を濁します。一方の薫は浮舟を宇治に移したまま、のんびりと構え、京に呼ぶための家をこっそり造作中でした。正月、浮舟から中の君に届いた新年の消息文を見た匂宮は、浮舟が宇治にいると勘づきます。さらに漢学の師の大内記《だいないき》が薫邸にも出入りしているので問うと、どうやら薫は女を宇治に隠しているようです。

そこで匂宮は薫の変装をして宇治に赴き、薫と思って油断した女房《にょうぼう》たちをよそに、強引に浮舟に迫り、契りを交わします。三月、宇治を訪れた薫は、浮舟が匂宮に惹かれて苦悩しているとも知らず、長い間の不在を詫びます。そして雪の日、再び宇治を訪れた匂宮は、浮舟を舟で連れ出し、対岸の隠れ家で睦《むつ》言《ごと》を交わしながら二日間を過ごすのです。一方薫は浮舟を京に迎える日を決めます。匂宮もこの薫の動きを知って、浮舟を迎える準備をします。双方からの使者が宇治で鉢合わせになり、ひと悶着も起こります。懊悩《おうのう》した浮舟は進退窮まって、宇治川への投身を決意するのです。

五十二帖「蜻蛉《かげろう》」浮舟《うきふね》の遺骸なき葬送と法要

この帖では前帖後の三月末から秋に至る、浮舟周辺の人々の驚愕と悲しみが語られます。浮舟の失踪後、宇治では大騒ぎになり、女房の右近《うこん》と侍従は入水だと直感します。匂宮の使いも、誰もが泣いていて文を渡せず、浮舟の急逝のようだと匂宮に伝えます。母の中将の君も宇治に来て、せっかく薫邸への引っ越しが決まっていたのに、と嘆きます。右近と侍従は入水の噂が世間に拡がるのを恐れて、亡骸のないまま、その夜に牛車《ぎっしゃ》を燃やして火葬を装い、葬儀をすませます。

このとき薫は、母の女三《おんなさん》の宮《みや》の病気からの快癒を祈願するため、石山《いしやま》寺に籠っていました。知らせにすぐに帰京、悲嘆に沈み、匂宮も悲しみの余り、病の床に就きます。やがて宇治を訪れた薫は、右近から浮舟入水の事情を聞きます。そして四十九日の法要を、宇治で盛大に営むのです。一方、明石の中宮は、侍女の大納言の君から浮舟失踪の経緯を聞かされ、驚きます。秋の夕暮、薫ははかない蜻蛉が飛ぶのを目にして、宇治で出会った大君《おおいぎみ》、中の君、そして浮舟のそれぞれの運命を思いやって、しみじみと追懐するのです。

五十三帖「手習《てならい》」浮舟《うきふね》の出家

この帖では、浮舟二十三歳、薫《かおる》二十八歳、匂宮《におうみや》二十九歳、中の君二十八歳、夕霧《ゆうぎり》五十四歳、明石《あかし》の中宮四十七歳です。横川《よかわ》の僧都《そうず》の老母八十歳と妹五十歳が、長谷《はせ》寺参詣をするので、僧都は心配して弟子の阿闍梨《あざり》を供人につけます。その帰途、奈良坂という山を過ぎたあたりで、母の老尼が体調を崩し、宇治の知人宅で休憩したのですが、回復しません。阿闍梨は急ぎ僧都に急変を知らせ、僧都は験力《げんりき》のある弟子と共に比叡の山から下り、加持祈禱をします。知人宅ではちょうど吉野金峰山《きんぷせん》参拝前の精進潔斎中で、ひとまず宇治院に泊まることにしました。

その院の裏庭の大木の根元に、気を失って倒れている女を発見し、薬湯を飲ませて読経《どきよう》をします。妹尼はこの若い女が、亡き娘の身代わりのような気がして、必死で看病します。これが浮舟で、一命を取りとめ、母尼も元気になり、一行は浮舟を伴って小野《おの》の庵に帰ります。意識を取り戻した浮舟は、「川に流して下さい」と言ったきり、あとは無言でした。ただ苦しい胸の内を手習に記すだけです。

九月、妹尼がお礼参りのため初瀬《はつせ》に出かけた留守中、たまたま下山した僧都に、浮舟は懇願して出家を遂げます。翌年の春、浮舟の生存を耳にした薫は、浮舟の弟の小君《こぎみ》を連れて、比叡山の僧都を訪ねるのです。

五十四帖「夢浮橋《ゆめのうきはし》」　薫と浮舟の別離

この最終帖では、薫二十九歳、浮舟二十四歳、横川の僧都六十余歳です。

僧都を訪ねた薫は浮舟のことを問い質します。僧都が宇治院で発見して以来の出来事を詳しく語ったので、薫は夢かと思い、落涙します。僧都と一緒に下山して案内するように頼みますが、僧都はそれは遠慮して、浮舟あての文は書き寄こします。その夜、横川から下山する薫たち一行の松明の火は、小野の庵にいる浮舟たちからも遠望されます。特に先駆を務める声を聞いた浮舟は、薫の随身《ずいじん》の声だと覚ります。

翌日、薫は浮舟の弟の小君を小野に遣わし、僧都も小野の尼君たちに文を送り、事情を知らせます。文の内容は、浮舟に還俗を勧めていました。しかし浮舟は小君にも対面せず、持参した薫の手紙にも返事をしませんでした。浮舟の願いは、このままここでひっそりと一生を終わることだったのです。一方、小君から事情を聞いた薫は、浮舟が誰かに匿われているのではないかと疑います。

こうして、多くの登場人物たちの別離と死別を書き尽くした源氏物語は幕を閉じます。

源氏物語の大筋の流れが分かったところで、次章からは、物語中に使われている「心」表現の豊かさを味わうことにしましょう。

第三章　こころの対比

源氏物語の「心」表現は、まるで万華鏡のように多彩で豊潤です。そのなかでまず気づかされるのは、「心」の対比です。あたかも物理学のように、紫式部は「心」を対立させます。こういう芸当は、私たち現代作家にはできません。紫式部の手際の良さを賞味しましょう。［　］は全篇で使用されている回数の目安です。

・心の長短

「心」の長さについては、「心ながし」［7］、「心ながさ」［3］、「心ながかり」［1］の三種があり、現代語訳は、変わらぬ愛情くらいの意味でしょう。『鑑賞』は、「心長し」こそ光源氏の女性に対する基本の態度だと註釈して、末摘花《すえつむはな》も長く世話をし、夕顔《ゆうがお》の死後も女房《にょうぼう》の右近《うこん》をずっと侍《はべ》らせているのを例として挙げています。また出家した空蟬《うつせみ》も二条東院《にじょうひがしのいん》に迎えています。つまり、「一度契りを交わした女性は、いつまでも見捨てることなく世話を続けるという源氏の態度は、自他ともに認める美徳として」、物語で語られているというのです。実は、歴史学者の故角田文衛《つのだぶんえい》氏によると、藤原道長《みちなが》も「心長き」人物だったようです。いったん手をつけた召人《めしうど》は末長く面倒を見、自分の娘たちに仕える女房として重用しました。最後まで彰子《しょうし》皇太后に近侍《きんじ》した紫式部がその好例です。かといって道長は若いひとり身の女性や人妻には決して触手を伸ばさず、中年で寡居《かきょ》している近親の女性に限られていました。これまた紫式部が当てはまります。

反対に「心」の短さはどうでしょうか。「心長く」が先々までの誠実な思いやりを表しているのに対して、「心短く」はその場だけのとりつくろいの考えを表現しています。言い分けて妙です。

・心の強弱

紫式部にとっては「心」の強弱も大切でした。「心強し《こわし》」［24］の意味は意志堅固で、意志を強く、などで、現在私たちが使っている「心強く」よりも強い表現のようです。

源氏物語の中では、この意志の強さがある女性として、藤壺宮《ふじつぼのみや》の出家の意志が「心強く」、またこの世から消えようとする浮舟《うきふね》も、「心強く」決意しています。

今日ではほとんどされていない言い方の「心弱し」［28］はどうでしょうか。

現代語訳では、情にもろい、悲しくなる、などの言葉が当てられています。紫式部にとって「心弱さ」は手離せない表現だったのです。『鑑賞』によると、人柄としては「心強し」よりも「心弱し」のほうが、この時代は好感を持たれていたらしく、考えさせられます。

・心の深浅

「心」に格別の思い入れを持っていた紫式部のことですから、その深さと浅さは重要な物差しでした。「心深し」〔56〕は、道心深く、思いやりがあって、情愛深く、などの意味であり、人の品性の大切な要素でした。これが「心の深さ」になると、「遠慮深さ」を意味します。あまりに純真で「心深く」ないのが夕顔であり、何事も深く考えるのが六条御息所《ろくじょうのみやすどころ》です。

それに対して「心浅さ」〔18〕はどうでしょうか。薄情な、思慮の浅い、浅はかな心の意味で、仮に「心浅い」人と言われたら、今日で言う「馬鹿じゃないの」になるのでしょう。

・心の軽重

「心」をあたかも物体のように、自在に操ったのが紫式部です。「心」に重さと軽さがあるのは当然でしょう。「心軽さ」〔4〕に当てられている現代語は、浅慮、軽々しい、思慮の浅い、です。私たちが通常使っている「気軽に」とは、かなり意味が違っています。ちなみに源氏物語では、この「気《き》」は一度も使われていません。多く出てくるのは「気《け》」〔22〕で、雰囲気や気配、趣、あるいは気力や気分の表現です。また今日使われる「気心」という表現は、源氏物語にはありません。

一方の「心重さ」はどうでしょうか。実は源氏物語には使われていません。代わりに出てくるのが慎重さを意味する「心の重さ」です。現代語の「心の重さ」とは意味を異にします。

・心の広さ狭さ

今日でも「心が広い」や「心が狭い」はよく使われて、ある程度は日常語です。源氏物語では「心ひろさ」はたった一カ所、四帖「夕顔《ゆうがお》」に出てきます。

光源氏の家司《けいし》である惟光《これみつ》と、夕顔の侍女・右近《うこん》の手引きで、光源氏の通いが始まり、最後には光源氏が廃院まで連れ出して、愛を語り合うのです。この執着ぶりに、惟光は「よほど素晴らしい女性なのだろう、うまくやれば母の隣家の住人だから、自分がうまく言い寄れたのに。それを主君に譲ったのだから、我ながら『心広い』ものだ」と思うのです。私は『香子』ではそのまま「我ながら心が広いものだと、不届き千万《せんばん》な事を思っていた」としています。

参考までに、源氏物語にはもうひとつ、一帖「桐壺《きりつぼ》」に、「池の心広くしなして」という言い方が出てきます。この場合の「心」は、物の中心の意味です。一方「心狭《せば》く」はどうでしょうか。「心狭し」[3]の連用形と、「心狭げなり」[1]の連用形があり、心が狭く、狭い了簡で、の意味です。今日、私たちが「あの人は心が狭い」と言っているのと似たような使い方です。

・心の清濁

「心」の魔術師の紫式部ですから、清い心と濁った心の対比も充分考えていたはずです。「心清し」[10]は清らかな心で、邪心なく、と訳されています。今日でも復活させていいような「心」表現です。『鑑賞』によると、「心清し」が文字通り「清らかな心」の意味で用いられるのは二例であり、他は「心に恥じるところがない」「潔白な」の意味になるといいます。光源氏と玉鬘《たまかずら》の間柄、さらに夕《ゆう》霧《ぎり》と落葉《おちば》の宮《みや》の初期の関係がそうです。「心清し」が「心澄める」になると、悟りすましたという、少しずれた意味になります。

「心清し」に対して、「心濁り」という言い方は源氏物語にはなく、「心の濁り」で出ています。文字通り、心に濁りがある、の意味です。さらに、「心汚し」[7]は不純な、潔さがない、性根が悪い、というような現代語になります。

似たような汚い心の言い方で、紫式部が多用したのは「心やまし」[47]でした。現代語でも何通りにも訳されています。面白くない、思い通りにならずに不満、不愉快、などと、さまざまな鬱屈した心情を表す「心」表現です。紫式部が重宝したのも分かります。

『鑑賞』では、この「心やまし」の動詞は「心病む」であり、「自分の力ではどうすることも出来ない敗北感を表す」のだといいます。従ってその形容詞の「心やまし」は、「敗北感や劣等意識をこらえている不愉快な感情を表す」と注釈しています。

・心の動静

「心」の表現を自在に操る紫式部としては、心の動静も大切な道具でした。

「心動き」は、心が惹かれる、心穏やかでない、などと訳され、「心を動かす」も心を惹かれるの意味です。つまり「心動き」には二面性があり、心中穏やかでない意味から、一歩進んで感動するまでの幅があります。

この感動を率直に表現しているのは「心ときめき」［15］でしょう。期待に胸躍らせる、気もそぞろ、などの意味です。源氏物語に登場する男性は、おしなべて好色ですから、この「心ときめく」は必須の「心」表現なのです。

好色感が少ない、似たような表現が「心騒ぎ」［3］で、現代語訳は、心が動揺する、気が気でない、となり、「心の騒ぎ」や「心を騒がす」も加えれば、気が揉《も》める、になります。

さらに心が過度に動いた場合は、「心乱れ」。「心の乱れ」「心を乱す」になり、気が気でない、という意味です。

同じく、焦燥感を示す「心焦る」という表現もあります。

「心慌ただし」［37］は、ゆったりとした心とは逆の、何ともじっとしていられない情動です。

反対に「心静か」はどうでしょうか。わずかに一回しか用いられておらず、四十四帖「竹河《たけかわ》」に出てくるのみです。

紫式部にとっては、「心静か」よりも「静心なし」［28］のほうが手慣れたものでした。

源氏物語を底支えする「心」表現が、「心細さ」と「心憂し」だとは、第一章でつとに強調しました。この「静心なし」も、おしなべて物語に登場する人物たちの心のあり方なのです。

とはいえ、紫式部には本当に「のんびり」や「ゆっくり」を表す「心」表現がありました。それは「心のどか」［36］で、のんびりと、心静かに、気長に、などの訳が当てられています。

・心の遅速

紫式部にとっては、「心」にも速い遅いがありました。まず心の速さは「心疾《と》く」［4］で、気が回る、機敏に、の意味です。

一方「心遅く」［3］は、愚鈍、鈍い、を意味し、これが「心遅る」［4］になると、気がきかない、の意になります。

また「心地遅れ」になると、一回だけ五十二帖「蜻蛉《かげろう》」で使われています。浮舟《うきふね》の失踪後、失望の内に薫《かおる》は姉の明石《あかし》の中宮《ちゆうぐう》の許を訪れ、日頃から親しくしていた女房《にようぼう》の小宰相《こざいしよう》の君《きみ》と一夜を過ごします。それを別の女房から聞いた中宮は、「あの生真面目な薫君が親身になって話をするのだから、その相手は『心地遅れ』たらむ人では務まらないでしょう」と言い、小宰相の君なら合格だと認めるのです。

それではそもそも、「心」と「心地」ではどう違うのでしょうか。源氏物語では「心地」は百五十八回使われています。そのうちの四十五パーセントが宇治十帖に出てきます。「心」に関しては、とてもそこまでの比率を占めてはいません。

とはいえ、宇治十帖の四十七帖「総角《あげまき》」で、この「心」が異様に使われている事実に気づいたのは、「はじめに」で述べた大軒史子氏です。「心」「御心」の用例五千百二十二例のうち「総角」の巻には六・二パーセントの三百二十例使われていると指摘しました。

「総角」の巻は大君《おおいぎみ》の死を綴っています。大君は自分に言い寄る薫に対して、妹の中《なか》の君《きみ》を勧めます。しかし薫は逆に、匂宮《におうみや》と中の君を結びつけるのです。その後、匂宮の中の君への通いが途絶え、あまつさえ匂宮と、夕霧の六の君との縁談の噂が届きます。大君は煩悶し、吹雪の夜、薫に看取られながら死に絶えます。この大君の苦悶を語るのに、「心」は大いに必要だったのに違いありません。「心地」も確かに十四回出てきます。しかし宇治十帖の中では五パーセントを占めるのみです。

もう少し立ち入って検討すると、「総角」の帖では、「心」と「御心」が三百二十回頻出するのに対して、「心地」「御心地」はわずか二十一回、つまり六・六パーセントを占めるのみです。

この数字に「蜻蛉《かげろう》」の帖を対比させると、「心」と「御心」は三十五回、「心地」八回で、その割合は二十三パーセント弱です。ちなみに「蜻蛉」の帖では「御心地」は全く使われていません。

もちろん、「総角」と「蜻蛉」の巻の長さは異なります。「総角」は長く、四万四千八百四十五字、これに対して「蜻蛉」は二万八千六百六十五字ですから六割強の長さでしかありません。

とはいっても、「総角」の帖での「心地」の少なさと「心」の多さ、「蜻蛉」の帖での「心」の少なさと「心地」の多さという事実は確かです。これは何を意味しているでしょうか。

「総角」の帖では、主として大君の苦悩を扱っています。「蜻蛉」の帖では浮舟の困惑と苦しみが綴られています。二人とも、桐壺《きりつぼ》帝の親王である八の宮の娘です。しかし身分が格段に違います。大君は、八の宮と北の方の間に生まれた長女です。対する浮舟は、北の方没後に八の宮が女房《にょうぼう》と関係を持ち、生まれた娘で、認知もしていません。この身分の差は歴然としています。

紫式部にとってこの身分の差は終始頭の隅につきまとっていて、「総角」の帖では「心」を多用し、「蜻蛉」の帖ではこれを控え、「心地」という、いわば格式の低い用語を使ったのではないでしょうか。だからこそ明石の中宮は、身分の低い女房である小宰相の君を念頭に、「心地遅れ」を使ったのでしょう。一方の薫は「心地」が頻用される中でも、「心地遅れ」ではなく浮舟への敬意を込めて「心遅れ」という言い方をしたのです。私にはどうしても、「心」と「心地」の格式の差、使用される対象への心情の差違が感じられるのです。

・心の寄せ隔《へだ》て

「心」を寄せたり、隔てたりするのも紫式部の手法です。まず「心寄せ」[72]です。これこそ源氏物語では大事な「心」の状態で、ひいき、味方する、帰依する、の意味です。

対する「心隔て」は、気の置ける、しっくりいかない、の意味です。

・心を移し置く

紫式部は「心」を移したり置いたりするのも、お手のものでした。「心を移す」は、熱中する、心を奪われる、であり、現代語の移り気とは正反対の意味を持っています。

一方、「心置く」[47]は、気兼ねする、の意で、今日の意味に近くなります。

・数えられる心

心をひとつにする「心ひとつ」［5］に関連する表現も、紫式部は好んだようです。「心ひとつなり」［46］も多用され、当てられた現代語は、ひとり胸の内で、何の不安もなく、であり、他人の意見に左右されない、自分固有の「心」の存在を、紫式部は愛用していました。

これに対して「二心」［2］は「浮気な心」を指します。その否定形「二心なし」［4］は、浮気心ではなく、の意味になります。

さらに紫式部がより使用したのが、心を重ねた「心心」で、「心心なり」［18］は、思い思いに、の意味です。

これが「諸心《もろごころ》」［4］になると、協力して、の意味になります。

・心の有無

「心有り」［17］に当てられている現代語は、物事を判断できる、思慮深い、などです。

これと対比される「心無し」［11］は思いやりがない、という現代語に相当し、「心の無し」ではうぬぼれの意味にも変化します。

・心の内外

源氏物語に登場する人物たちは、心の内をそのまま外に出しません。そのためか、「心の中《うち》」［87］や

「御心の中」〔52〕は頻用《ひんよう》され、「心の中」は、宇治十帖で三割も使われています。この点でも、紫式部が宇治十帖で、登場人物たちの「心」の内面をいかに重視していたのかが分かります。それはまた、源氏物語を書き継いできた、紫式部の円熟度を物語っているのかもしれません。

これに対比される「心の外」〔2〕や「御心の外」〔2〕は稀にしか使われず、「意に反して」の意味です。

その他にも「心より外に」〔24〕があり、心ならずも、意志とは別に、などの現代語が当てられています。

第四章　不安と迷いに揺らぐこころ

本居宣長《もとおりのりなが》が源氏物語の「心」は「もののあはれ」だと言上げしたのに倣《なら》い、「心細さ」と「心憂し」が物語の基調をなしていると、第一章で述べました。「心憂し」と「心細さ」に付随する「心」表現は、不安と迷いでしょう。この浮遊する情感が、物語にどうちりばめられているのか、検討する必要があります。「もののあはれ」を影絵のように後方から映し出すのが、これから述べる「心」表現の薄明かりなのです。

（一）　こころの不安と迷い

・まず特筆すべきなのは**心の闇**［11］です。当てられている現代語は、心の惑い、親の欲目、親心の闇です。これだけでは何のことか分かりませんが、下敷きとされる和歌があります。

人の親の心は闇にあらねども
　子を思う道にまどいぬるかな

　通常は、親の心は闇ではないものの、こと我が子のことになると、可愛さの余り、理性を失ってしまう、という煩悩を平易に歌い上げた名歌とされています。要するに親バカを意味します。

『後撰和歌集《ごせんわかしゅう》』に収録され、作者は紫式部の父方の曽祖父、三十六歌仙のひとり藤原兼輔《かねすけ》です。賀茂川の西堤に広大な邸を構えていました。それが堤第《つつみてい》の邸で、兼輔も堤中納言《つつみちゅうなごん》と称されていました。邸はそのまま子孫に受け継がれ、伯父一家や、父母、祖父と共に紫式部が住んでいたのも、そこです。紫式部が幼い頃、堤第はかつての風流さは失われ、樹木も茂ったままでした。

　しかし幸いにも、紀貫之《きのつらゆき》の庇護者でもあり、学者としても歌人としても世に知られていた兼輔と、その子でやはり歌人だった刑部大輔《ぎょうぶたいふ》周防守《すおうのかみ》の雅正《まさただ》が収集した書物が、膨大な数で残されていました。これが紫式部の教養の土台となったのは言うまでもありません。それだけに、紫式部は曽祖父を敬い、源氏物語の中で、この和歌そのものを何と二十六回も引用しています。最も多く引かれた歌です。

他方、この「心の闇」は別の意味でも使われています。『古今和歌集《こきんわかしゅう》』にある在原業平《ありわらのなりひら》の歌、「かきくらす心の闇にまどいにき　夢うつつとは世人さだめよ」です。この場合は、親子ではなく、男女の恋の道で、人は理非の分別を失う事実を指しています。

紫式部にとって、男女の恋での迷いは当然であり、この業平の意味で「心の闇」を使うなど、念頭にはなかったはずです。むしろ、男女の心の闇の詳細を、歌ではなく物語で描くのを自らに課したのでしょう。

・**心惑い**〔19〕と、動詞の「心惑いす」〔5〕に当てられている現代語は、動揺する、途方にくれる、などです。

四十一帖「幻《まぼろし》」では、紫の上《むらさきのうえ》の死からようやく一年が経過し、光源氏は出家の意志を固めます。身辺を整理するなかで、紫の上が須磨《すま》に流謫《るたく》された光源氏に送った手紙の束が出てきます。そこには、別れて住む紫の上の悲しみが綴られています。今再びそれを読んでいる光源氏はそれ以上の悲しみに包まれ、「御心惑い」します。そのめめしさが自分でも見苦しいので、和歌を手紙の余白に書いて、手紙をすべて焼却します。未練を断ち切ったのです。こうして光源氏は年の暮を迎え、初めて公の場に姿を見せます。大晦日には、桃の杖《つえ》で悪鬼を追い払う追儺《ついな》の習慣があり、幼い匂宮《におうみや》も、鬼やらいをするため、音の出る物を探し回っています。それを見て光源氏は最期の歌を詠みます。

物思うと過ぐる月日も知らぬ間に
　年も我が世も今日や尽きぬる

物思いをして、月日が経つのを気がつかないまま、年も私の人生も、いよいよ今日で終わってしまうのだ、という感慨です。

こうして読者の心に余韻を残しつつ、光源氏は表舞台から消え影絵となって薄闇に溶け込み、物語は、宇治十帖に移っていきます。その最後を締め括る「心」表現がまさに「心惑い」だったのです。

・不安や戸惑いを表す「心」表現として、最も多く使われているのは**心もとなし**〔71〕でしょう。当てられた現代語は、気がかり、心配で、待ち遠しく、というように、どこか不安定な心の有り様が表現されています。

『鑑賞』でもこれには注目して、「心もとなし」について三度言及しています。「心もとなし」は「心」と副詞「もとな」の複合から形容詞化した語で、原義は、心がむやみに……する（中略）落ち着かないの意であり、平安時代では、期待や願望が容易に実現しない場合の不安感や焦燥感を表す用法が多い、というのです。これは『古語大辞典』（小学館）からの引用でもあるようです。

他の箇所でも「心許なしは心の拠り所がなく、不安で待遠しくて心がいらだつの意」、「期待や願望がなかなか実現しないために心が苛立つ」感情表現だ、と解説しています。

・**心すごし**〔10〕は「心凄し」であり、『鑑賞』によると、「すごし」は「ぞっとするほど荒涼とした様を表し」、「すごげなり」を含めて、十二帖「須磨《すま》」には四回出てくるといいます。流謫《るたく》に等しい須磨での光源氏の心理状況にふさわしい「心」表現といえます。当てられている現代語は、寒々として、もの寂しく、です。

・**心ねたし**は「心妬し」で、唯一、玉鬘《たまかずら》十帖の中の二十四帖「胡蝶《こちょう》」に出てきます。男の方が誠実でないのに、花や蝶に寄せて便りをしてきた場合、「心ねたく」して返事をしないでいると、逆に相手を熱心にさせる、と光源氏は諭します。この「心ねとう」を『香子』では「却ってじらす結果になり」としました。

・**心づきなし**［63］に当てられた現代語は、『鑑賞』によると、語源的には、心が相手に染み着かない、心が相手に密着しない状態をさすようです。清少納言《せいしょうなごん》も『枕草子《まくらのそうし》』の一一六段「いみじう心づきなきもの」で言及しているのは大いに参考になります。葵祭や御禊《ごけい》の日に、男が見物する中に、女がひとり牛車《ぎっしゃ》で見物している姿です。見たがっている若い男を連れて行けばいいものを、何たる「心狭さ」かと軽蔑しています。その他、遊びに行く日や寺社参りの日の雨や、用を言いつけられた使用人が「自分にさせるのではなく、あの人こそ適役なのに」と不満がっている姿です。さらには、元来小憎らしいと思っている者が、小賢しい画策をして、理由もなく人を恨み、利口ぶっているのも、清少納言にとっては「いみじう心づきなきもの」でした。

『鑑賞』では、この「心づきなし」と思う姫君や女君を五人列挙しています。ひとりは、桐壺《きりつぼ》帝の崩御で斎院《さいいん》となった朝顔《あさがお》の姫君です。父の桃園式部卿宮《ももぞのしきぶきょうのみや》の死去で斎院を退いたあとは、桃園の宮邸に叔母の女五の宮と同居しています。光源氏はこの姫君が斎院になる前から懸想《けそう》していたので、女五の宮は光源氏との結婚を勧めます。しかし朝顔の姫君はあの六条御息所《ろくじょうのみやすどころ》の苦悩を知っているので、同じ境遇にはなりたくないのです。叔母の発言は「心づきなく」、心外に感じます。

二人目は空蟬《うつせみ》です。光源氏は契ったあと、空蟬に何度も求愛するのですが、拒否されて「心づきなし」と思います。そこで空蟬は「心づきなし」と思われてもいい、このまま無愛想で押し通そうと覚悟します。

三人目は葵《あおい》の上《うえ》で、光源氏が紫の上を二条院に住まわせ、朝顔の姫君にまで懸想しているのを「心づきなし」と感じます。

四人目は光源氏の思い人である藤壺中宮《ふじつぼのちゅうぐう》です。夫の桐壺帝が朱雀《すざく》帝に譲位したあとは、院の御所で、桐壺院と仲睦まじく暮らします。しかし桐壺院は崩御、四十九日の法要を終えると、中宮は里邸の三条宮に退出します。その寝所に、何と光源氏が忍び入ったのです。藤壺中宮は驚き、「心づきなく」思い、拒否したあと、東宮の将来のために出家を決意します。

そして紫の上です。明石《あかし》の姫君を連れた明石の君は、母尼とともに明石から大堰《おおい》の邸に移り住みます。光源氏はそこに通い出したので、当然ながら紫の上は「心づきなし」と不満に思うしかありません。しかし明石の姫君を二条院に迎え、娘として養育することになり、その嫉妬心もいくらかは和みます。

さらに六人目は、あの六条御息所の娘です。六条院が里邸であり、紫の上との春秋優劣論議で秋を好んだところから、秋好中宮《あきこのむちゆうぐう》と称されるようになります。この秋好中宮にも光源氏は懸想《けそう》するので、秋好中宮は光源氏の物思いの姿を、優艶ではあるものの、「心づきなく」思うのです。

面白いことに、こんな具合にさまざまな女性から「心づきなし」と思われた光源氏自身も、二条院で紫の上と話しながら、恥をかかされたと苦笑しつつ、本当に「心づきなし」と痛感するのです。

・**心ばしり**は唯一度、五十一帖「浮舟《うきふね》」で使われています。浮舟は入水を心決めして、床につきます。折から、浮舟が夢に出てきたので、母君が心配のあまり、文を寄こして来ます。誦経《ずきよう》の鐘の音が聞こえてくるなかで、浮舟は返歌します。

後にまたあい見んことを思わなん
この世の夢に心惑わで

どうかまた後の世で会えると思って下さい、この世に惑わされずに、という別れの辞で、この世には子の世が掛けられています。

鐘の音《おと》の絶ゆるひびきに音《ね》を添えて
わが世尽きぬと君に伝えよ

消えていく鐘の響きに、わたしの泣く声を添えて、この命が尽きたと、母君に伝えておくれ、という訣別の歌です。使者が寺から持ち帰った巻数《かんじゅ》に付けられた巻数木に結びつけます。

この巻数は、浮舟の母君が山荘近くの阿闍梨《あざり》の寺に誦経を依頼し、お布施も添えたので、寺側から読誦した経巻を記して願主に贈る文のことです。浮舟の宇治での最後を描く名場面です。

この浮舟の様子を見た乳母《めのと》が、妙に「心ばしり」し、不安にかられます。『香子』では「胸騒ぎがします」と訳したものの、「胸騒ぎ」よりも「心走り」のほうが、心の動揺を鋭く表現しているように思えます。要するに臨場感があります。現代小説で復活させてもいいくらいです。

・心砕く［5］も言い得て妙の「心」表現で、当てられた現代語は、悩む、胸を痛める、などです。

・珍しい「心」表現に**心肝も尽くる**というのがあり、一帖「桐壺《きりつぼ》」に一度だけ使われています。

桐壺帝に寵愛された桐壺更衣《こうい》は、光源氏を出産後、いよいよ病弱になり、里邸に下がって死去します。三歳になった光源氏は喪に服すため、宮中から亡母の里邸に退出し、祖母と暮らします。

帝は若君が気になり、たびたび使いを送り、秋風の吹く夕暮、帝が靫負命婦《ゆげいのみょうぶ》をその里邸に見舞いに行かせると、里邸は荒れ果て、更衣の母は申し訳なく落涙するのみです。命婦は、前に伺った内侍司《ないしのつかさ》の女官が、誠に気の毒で「心肝も尽くる」ようだと申しておりましたが、わたくしも同様に堪えがたく思います、と同情します。これを『香子』では「胸も張り裂けそうです」としました。

（二）　すれ違う心と嫌気心

源氏物語は人の心と心が行き違う、微妙な心理状況を巧みに表現しています。紫式部はこうした心と心がすれ違うところに、物語が生じると考えていたはずです。そしてもうひとつ重要なのは、このすれ違いは人と人との間のみならず、登場人物の心の中でも起こっているのです。そこから戸惑いやためらいが生じてくるので、心の動きがあたかもスローモーションのように語られ、これまた紫式部の手腕の見せ所になっています。

・心の底［5］という表現は、人の心理の奥深さを描くのには欠かせず、心の奥、心に隠した思い、の訳語が当てられています。

この「心の底」が一度出てくるのが四十四帖「竹河《たけかわ》」です。薫《かおる》は蔵人少将と共に玉鬘《たまかずら》邸を訪問し、薫は勧められて和琴《わごん》を弾きます。その爪音は玉鬘の実父である故致仕《ちじ》の大臣《おとど》のものと似ており、また故柏木《かしわぎ》大納言のそれとも瓜二つなので、玉鬘は涙ながらに感激します。酒宴になって、玉鬘の息子の藤侍従《とうのじじゅう》は薫に合わせて催馬楽《さいばら》の「竹河」を謡います。翌朝、薫から藤侍従の許に文が届き、歌が添えられていました。

竹河のはしうち出でし一ふしに
　ふかき心のそこは知りきや

「竹河の橋」を少し謡いましたが、その歌詞の「一節に、私の深い心をこめていたのは、おわかりでしょうか」、という問いかけでした。文を見た玉鬘は薫の筆跡の見事さに感嘆します。

・**心置く**〔47〕に当てられている現代語は、わだかまりを持つ、嫌気がさす、警戒する、疑う、などです。『鑑賞』ではこれを、①思いを残す、心を留める、②警戒する、用心する、③隔てを置く、気を使う、の三つに大別し、さらに女の嫉妬も示唆する場合があると解説しています。

・**心破り**も、『鑑賞』によれば、人の心を踏みにじる表現として重要であり、特に女性の心をないがしろにする場合に使われるといいます。

同様な態度は、光源氏のまだ幼い紫《むらさき》の君《きみ》に対する配慮にも見られます。例えば七帖「紅葉賀《もみじのが》」で、光源氏は紫の君相手に箏《そう》の琴《こと》を教えたりします。それでも夜になると出かけて行く光源氏を、紫の君は不審がります。光源氏は、これはあちこちにいる女君たちに、「心破ら」ないようにするためだと弁明するのです。

・**心劣り**［6］には、がっかりする、軽蔑する、期待はずれ、見下す心、落胆などの現代語が当てられています。

・**心違《たが》い**は唯一、玉鬘十帖最後の三十一帖「真木柱《まきばしら》」に二回使われています。長大な物語の中で出てくるのが二度、それも「真木柱」だけなので、この「心」表現がどういう意味なのかは、文脈で推測するしかありません。

第一の場面は、北の方が鬚黒《ひげくろ》大将の心変わりをひどいと思いつつも、自分はあなたの行動をじっと眺めているだけ、と鬚黒に言います。すると鬚黒は、それなら安心ですが、例の「心違い」では妙なことになりましょう、と答えます。ここを『香子』では「乱心」と訳しています。第二の場面では、鬚黒が玉鬘の許に赴くために身支度をしています。すると北の方が鬚黒の背後から、香炉の灰をぶちかけます。鬚黒は仰天し、奥方の「心違い」と思うのです。

・そういう意味では**心誤り**［5］と重なるのかもしれません。やはり「真木柱」の香炉の灰を鬚黒にかける前の場面で、北の方は思い乱れて寝ついてしまいます。普段はおっとりした気立てのいい人ですが、時々「心あやまり」して人から嫌がられるのです。こうなると「心誤り」と「心違い」の差は微妙で、常軌を逸する程度が、「心誤り」より「心違い」のほうが強いとも言えます。

・もうひとつ心魂《こころだましい》［3］も正気の意味であり、否定形になると「正気をなくす」か、少し捻って「気力をなくして」と訳されます。十三帖「明石《あかし》」では、吹き荒れた雨風は数日経っても止まず、暴風雨の中、紫の上の使いがずぶ濡れになってやって来ます。文には和歌が添えられ、京でも雨は続き、須磨《すま》ではいかがでしょうか、心配で涙していますと綴られていました。雨風に加えて高潮も襲い、雷鳴も響き続け、光源氏以下が住吉の神に祈っている最中、雷も落ちます。住まいとしている邸の廊までが焼失し、誰もが「心魂なく」してしまうのです。

・心やまし［47］は、心中穏やかでない、忌々しい、と訳され、これが一度使われているのが、九帖「葵《あおい》」です。葵の上の牛車《ぎっしゃ》に押しのけられて、六条御息所《ろくじょうのみやすどころ》の牛車からは何も見えなくなります。六条御息所が「心やましく」なったのは当然です。

『鑑賞』によると、「妬《やま》し」は無念だ、癪だという心情を表現し、その根底には自分が相手より優越だという意識があり、それが思うままにならないときの、小癪なと思う感情だと解説しています。これとは逆に、「心やまし」は、もともと自分より上にあると認めた相手に対する、劣等感を表すといいます。これは実に微妙な違いです。

（三）「心の鬼」とは何か

不思議な「心」表現のひとつが**心の鬼**で、十五回も使われています。当てられている現代語は、良心の苛責《かしやく》、疑心暗鬼、です。しかし一筋縄ではいかない特異な「心」表現なので、この解釈を巡って『鑑賞』は五度にわたって解説を加えています。それによると、源氏物語では人目を忍ぶ恋を覚られないかと、恐れる場合に使われる傾向があるといいます。そのやましい心を基盤にして現れるのが、物の怪《もののけ》だとも指摘します。

この「良心の苛責」説に対して、「疑心暗鬼」だとする説や、いやそうではなく単に「隠しておきたい心」とする説もあるようです。となると、これは現代の心理学にも通底する重要な疑念です。

十五例を逐一検証すれば、「心の鬼」で紫式部が何を表現したかったのかが理解できるはずです。最初に出てくるのが七帖「紅葉賀《もみじのが》」です。光源氏と密通した藤壺《ふじつぼ》は、皇子を出産したあと「心の鬼」に悩み、皇子が光源氏に似ているのを誰か気づきはしないかと苦しみます。『香子』では「良心の苛責にさいなまれる」と訳しています。

次に出てくるのが、九帖「葵《あおい》」です。葵祭の車争いで、葵の上の家司《けいし》たちから大恥をかかされた六条御息所《ろくじょうのみやすどころ》は、出産後の葵の上に憑依して死なせてしまいます。服喪している光源氏に六条御息所からの文が届き、光源氏は仕方なく返歌し、暗に六条御息所の執着を非難します。そのほのめかしを、六条御息所は「心の鬼」にはっきり覚るのです。『香子』ではこれを「良心の苛責から」、と訳しています。

三番目に出てくるのは十帖「賢木《さかき》」です。桐壺院《きりつぼ》が崩御《ほうぎょ》し、藤壺宮も東宮《とうぐう》と会って里帰りをし、出家を考えます。一方の光源氏は、右大臣の一族のひとりから、史記の一部の嫌味の漢文を詠じられ、「心の鬼」にかられて、世の中が疎しくなります。これを『香子』では「罪悪感を抱いて」と訳しています。光源氏が藤壺宮や朧月夜《おぼろづきよ》と密通したゆえの心中の罪悪感からの訳出です。

四番目が十三帖「明石《あかし》」です。明石の君と契った光源氏は、後朝《きぬぎぬ》の文をこっそりと明石の君に送ります。それは「あいなき御心の鬼」でした。何故ならここは明石なので、誰はばからず後朝の文を堂々と送ってもいいからです。『香子』ではこれを「無意味な気のまわし方」としています。

五番目は二十帖「朝顔《あさがお》」で、雪の中で童女たちが戯れたあとの夜の場面に出てきます。この雪ころがしをする童女たちの衣装が雪に映える場面は、清少納言《せいしょうなごん》が『枕草子《まくらのそうし》』の三〇二段「十二月二十四日」で起筆した雪の場面を紫式部が意識して書いている、という指摘もあるようです。『枕草子』では上達部《かんだちめ》たちの色とりどりの指貫《さしぬき》や直衣《のうし》が、雪と有明の月に映えています。そんな夜、光源氏は紫《むらさき》の上《うえ》を相手に、初めて故藤壺宮の話をします。その他にも前斎院《さきのさいいん》の朝顔《あさがお》の姫君や、尚侍《ないしのかみ》の朧月夜、明石の君、花散里《はなちるさと》についても寸評をします。そのあとで寝入った光源氏の夢枕に藤壺宮が立って、自分のことを口外したと恨むのです。

そんな故藤壺宮のために、盛大な供養をしたいと光源氏は考えます。ところがそんなことをすれば、世間は何でだろうと怪しむし、冷泉帝《れいぜい》も「心の鬼」に何かと思われるに違いない、と思いとどまります。その箇所を『香子』では「疑心暗鬼」と訳しています。この点、『鑑賞』は、心の中に潜んでいる邪心であり、単なる善悪の判断よりも奥深く、本能に根ざした考えや痛切な思いを指すと註釈しています。

六番目に出てくるのは「朝顔」の次の二十一帖『少女《おとめ》』です。夕霧《ゆうぎり》と雲居雁《くもいのかり》は幼な心にもお互いを好いているのですが、雲居雁の父の内大臣は二人を引き離しにかかります。いつものように夕霧が祖母の大宮《おおみや》の邸に行くと、内大臣の牛車が停まっています。それで「心の鬼」にかられて身を隠すのです。『香子』ではここを「気まずくなり」と訳しています。

次に出てくるのが二十六帖『常夏《とこなつ》』です。撫子《なでしこ》の咲き乱れる庭を前にして、光源氏は玉鬘《たまかずら》に話しかけ、夜になると庭に篝火《かがりび》を焚かせ、和琴《わごん》を弾きます。そうやって玉鬘のいる西の対にいつも赴きたいのですが、女房《にょうぼう》たちの目があるので「心の鬼」に思いとどまっています。これを『香子』では「変に思われる」としています。

八番目に使われるのは三十四帖「若菜上《わかなのじょう》」です。光源氏が女三《おんなさん》の宮《みや》を正妻として六条院春の町に迎えたので、東の対に移った紫の上は悩み、眠れません。しかし夜更かししていると、女房たちも首をかしげるだろうと、「心の鬼」に思って早く床に入るのです。ここを『香子』では単に「懸念して」と訳しています。「心の鬼」をどういう現代語に直すのか、迷った挙句の果てです。

三十五帖「若菜下《わかなのげ》」になると、「心の鬼」が二回使われます。小侍従《こじじゅう》の手引きで柏木《かしわぎ》は女三の宮と契り、女三の宮は懐妊します。二条院で病に臥す紫の上を看病していた光源氏は、久々に六条院に残した女三の宮の許に帰ります。しかし女三の宮は「心の鬼」のため、光源氏と会うのをためらうのです。この箇所を『香子』では「良心の苛責から」と訳しています。

後日、柏木が女三の宮に送った手紙を、光源氏が発見し、密事《みそかごと》を知ります。女三の宮が手紙を無雑作に放っておいたのを、小侍従は責めます。光源氏が来たとき、「心の鬼」でその場を離れましたのにと口惜しがるのです。この部分を『香子』ではさらりと「用心して」と訳しています。

十一回目に出てくるのが三十六帖「柏木」です。重態の柏木は、正妻の女二の宮のことを弟の右大《う》弁《べん》に託します。今上帝《きんじょう》は柏木を気の毒がって、権大納《ごんだいな》言《ごん》に昇進させるのです。そこに夕霧が見舞い、柏木の衰弱ぶりに驚きます。柏木は夕霧に、この病は光源氏に対してちょっとした間違いがあったからだと、原因をほのめかします。それに対して夕霧は、どんな「心の鬼」なのでしょうかと尋ねるのです。この箇所を『香子』ではすんなり「どんな事でそんなに自分を責めるのでしょうか」と訳しています。

「心の鬼」が十二回目に出てくるのは、「柏木」に続く三十七帖「横笛《よこぶえ》」です。夕霧は六条院に赴き、明石の女御の許にいる二の宮と三の宮からまとわりつかれます。この三の宮が将来の匂宮《におうみや》です。皇子である二人と薫を同列に扱うべきではないと、夕霧は思いながらも、母である女三の宮が「心の鬼」に思うかもしれないと感じ、三人同じように可愛がるのです。この箇所を『香子』では「ひがむかもしれない」と訳しています。

夕霧はそんな薫を見て、どこか柏木に似ていると思いながらも、そんなはずはないと否定します。光源氏に夕霧が夢に出てきた横笛の話をすると、それは陽成院《ようぜいいん》が所有していた由緒ある笛だから、自分が預かると言うのです。そこで夕霧は亡き柏木の遺言を細々と光源氏に伝えます。光源氏は柏木と女三の宮の密通を、夕霧が感づいているな、と思うのです。

次に「心の鬼」が登場するのは、宇治十帖の中の五十帖「東屋《あずまや》」です。浮舟《うきふね》に対する匂宮の行動を知った母の中将の君は、娘を引き取るべく二条院に参上し、中の君に浮舟を引き取る旨を伝えます。ここにはいたちがいて不安ですので、と言上する中将の君に対して、中の君はそんな心配は無用だと諭します。その美しい姿を見た中将の君は「心の鬼」に恥ずかしく思うのです。この部分を『香子』では単に「恥ずかしくなり」と訳して、「心の奥底」の意味は省略しています。これも文章の流れにこだわった結果です。

「心の鬼」が最後に二度出てくるのが、宇治十帖の最後から三番目である五十二帖「蜻蛉《かげろう》」です。

浮舟の失踪後、右近と侍従はこうなった以上、仕方なく浮舟の葬送の儀式を行います。遺体がないので、牛車の中に浮舟が使っていた夜着や道具を入れて火葬をします。侍るのは、浮舟の乳母子で右近の兄でもある大徳《だいとく》や、その叔父の阿闍梨《あざり》、以前から知っている法師のみです。しかし、葬儀を薫大将が知れば、匂宮が浮舟を連れ去ったと疑うかもしれないと懸念します。この二人こそ、深く「心の鬼」があって、薫大将には葬儀を隠すのです。これを『香子』では「自責の念がひどくあるので」という現代語にしています。

薫が浮舟の四十九日の法要を宇治山で行ったあと、薫の正妻の女二の宮の許には女一の宮から文と絵が届きます。その美しい筆遣いを見て、薫は恋心をかきたてられます。にもかかわらず、亡き大君や、中の君、そして浮舟にも思いを巡らすのです。浮舟はどこか軽々しく、幼い面もあったとはいえ、何か思い詰めていた様子であり、あれは自分の通いが少し途絶えていたため、心変わりしたのではないかと「心の鬼」に嘆いていたのだろう、と合点するのです。この「心の鬼」を『香子』では「内心ですべてが疑わしくなって」という現代文を当てています。

「心の鬼」というと、一見おどろおどろしく感じられ、つい「疑心暗鬼」とか「良心の苛責」と考えがちです。そうではなく、「鬼」を「陰」や「隠れたもの」と平たく考えれば、「下心」や「本人も気づかない心の動き」くらいの意味になります。そこに多少の自責や反省が加わると、「心のやましさ」になるのではないでしょうか。あるいは「気を回して」「勘ぐって」になるのかもしれません。

似たような「心」表現に、前述した「心の闇」があります。「闇」となると、何か空恐しく感じます。その実、「心の闇」は「親心の迷い」や「先が見えない心の迷い」くらいの意味です。「闇」の重さが少し軽くなって、現代語に近くなります。

奇しくも『紫式部集』には、この「心の鬼」と「心の闇」が並んで出てきます。

紫式部は物の怪《もののけ》の絵を見て、ある感慨を催すのです。物の怪が憑いた醜い顔の女の背後に、鬼になった元の妻がいます。その元の妻を若い法師が縄で縛っていて、夫は経を読んで物の怪を退散させようとしている絵です。紫式部はそれを目にして和歌を詠み、女友達に送ります。

亡き人に託言はかけてわづらうも
おのが心の鬼にやはあらぬ

亡き妻が物の怪になったと言いがかりをつけるのは、自分の心が生んだ心の鬼ではなかろうか、という揶揄です。

既に死んだ人に恨み言を言って、物の怪と騒ぐのも、自分の「心のやましさ」ではないでしょうか、という理にかなった紫式部の理解の仕方は、まさしく現代の考え方そのものです。当時、物の怪は実在のものと信じられていたはずで、それを妄想じみたものとした紫式部の卓見には頭が下がります。女友達からの返歌は次の通りです。

ことわりや君が心の闇なれば
鬼の影とはしるく見ゆらむ

もっともです、画中の男の心に暗い闇があるからこそ、鬼の姿がはっきり見えるのでしょう、という賛同です。この時期、紫式部は夫の宣孝《のぶたか》急逝にあって、ひとり娘を抱えてどうしようかと途方に暮れていました。突然、何も言わずに他界した夫への遺恨、つまり心の鬼があったのでしょう。だからこそ、その物の怪の絵が胸に響いたのです。

ここでの「心の鬼」を「疑心暗鬼」や「良心の苛責」と簡単に言い切ってしまうと、和歌そのもの、いや紫式部の心そのものが平べったく貧相になります。紫式部が「心の鬼」に託した概念は、まさしく現代の精神分析で言う「投影による同一視《プロジェクティブ・アイデンティフィケーション》」に相当します。自分の心の内の感情を、他人や外の事物に投影させてしまう機序を指します。

（四）浮かれる心

心は沈むこともあれば、浮かれたり、それを通り越して凧のように宙に浮いたりもします。源氏物語には、そうした浮遊する心もしっかりちりばめられています。

・**心散る**は、実に一回だけ三十五帖「若菜下《わかなのげ》」に出てきます。貴重な例ですから見逃せません。

正月の二十日頃、光源氏は六条院で女楽《おんながく》を催します。明石《あかし》の君《きみ》が琵琶、紫《むらさき》の上《うえ》が和琴《わごん》、明石の女御《にょうご》は箏《そう》の琴《こと》、そして女三《おんなさん》の宮《みや》は琴《きん》の琴《こと》です。もちろん、招かれた夕霧《ゆうぎり》大将も御簾《みす》の外で聴いています。感動した夕霧は、光源氏と、音楽は春と秋、どちらが聴くのにふさわしいか、という論議をします。春がいいと思う夕霧は、秋は琴笛の音が明瞭ではあるものの、空の模様や花の露などに目移りがし、「心散って」今ひとつだとけなすのです。これを『香子』では、そのまま「気が散り」と訳しています。『岩波』はこの「散る」が花の縁語だと指摘しています。なるほどと得心させられます。

・**心驕り**［14］に当てられている現代語は、得意気に、慢心、自負、などです。

十五帖「蓬生《よもぎう》」にはこれが一度使われています。末摘花《すえつむはな》の叔母は受領《ずりょう》の妻になっていて、夫は大《だ》宰大弐《ざいのだいに》に任じられます。叔母は末摘花を伴って西下しようと誘うのですが、末摘花は歯牙《しが》にもかけません。叔母は腹を立て、両親が健在のときのように振る舞う、その「心驕り」が笑止千万だと思います。これを『香子』では「自惚心《うぬぼれごころ》」と訳しています。

・**心空《こころそら》なり**［13］は、気もそぞろ、心は上の空で、の意味で、これが一回出てくるのが、「紅葉賀《もみじのが》」に続く八帖「花宴《はなのえん》」です。桜の宴のあと、光源氏は朧月夜《おぼろづきよ》の袖を捕らえて、言い寄ります。相手は驚きますが、光源氏と分かって身を任せてしまうのです。翌日は、藤壺宮《ふじつぼのみや》がちょうど弘徽殿女御《こきでんのにょうご》と交代で参上する頃になったので、光源氏は例の女が弘徽殿女御と一緒に退出するはず、と「心もそら」になります。

・**心にもあらで**と**心を乱す**は十八帖「松風《まつかぜ》」に出てきます。光源氏から上京するように促された明石の君は、母と明石の娘君を伴って赴くことを決心します。ひとり残る父の明石の入道《にゅうどう》は覚悟を決めます。

あなたたちは将来ある人なので、自分のような山人の「心を乱す」因縁があったと言います。こうして明石の君の一行は、舟で大堰《おおい》の山荘に移ります。光源氏は桂の別邸や嵯峨野の別邸に行く口実で、二、三日留守にすると、紫の上に告げます。そこに行く用事があるのに、何としたことか「心にもあらで」日数が過ぎたと、不満顔の紫の上に言い訳をします。

・**心のあくがれ**は、「心」と「あくがれ」が結びついた語です。『鑑賞』は、この「あくがる」には、心の浮遊を言う場合と、空間の移動を指す場合があると註釈しています。前者の例が「心のあくがれ」です。心が身から離れる、心が浮かれ出る、の意味です。

・**心ときめき**は胸がドキドキする、心をわくわく、の意味で、もうひとつ、**心おどろおどろしく**は、我ながらびっくりするような大それた考えで、という意味で使われています。

この二つの「心」表現が用いられているのが、五十三帖「手習《てならい》」です。浮舟《うきふね》を忘れられない中将は、三度目の訪問をして、思慕の情を伝えます。妹尼も中将との縁組がいいと、浮舟の背中を押します。それでも浮舟の心は動きません。中将は仕方なく横笛を吹いて帰ろうとします。引き留めたのは妹尼で、浮舟の代わりに、泊まっていかれたらどうですか、と和歌を詠みかけます。「心ときめき」したのは中将です。「胸を躍らせて」と訳しています。

一方、浮舟が生きていると知った薫《かおる》は明石の中宮の真意を知るべく、訪問して浮舟の話を口にします。

どうやら先日申し上げた女が、落ちぶれた姿で生きているようです。その女が「心おどろおどろしく」私から離れて行くとは思いもしませんでした、と述懐します。

・文字通り**心に離るる**という「心」表現があるのは三帖「空蟬《うつせみ》」です。光源氏は夜が更けるのを待ち、小君《こぎみ》の先導で妻戸《つまど》の中にはいります。さらに母屋の几帳《きちょう》の帷子《かたびら》を引き上げ、そっと寝所《しんじょ》に近づきます。しかしこの衣ずれの音に、空蟬ははっと気がつきます。光源氏から忘れられるのは、これはこれでよかったものの、あのときの夢のような出来事が「心に離るる」ことはなかったので、寝つけずにいたのです。空蟬は表着を脱ぎ捨てて、単衣《ひとえ》だけの姿でそっと抜け出します。

第五章　物語を動かす興味を持つ心

前章が、影絵を浮かび上がらせる背後の薄明かりのような、「心」表現の数々であったとすれば、この章で紹介する「心」表現は、回り舞台を床下で動かしている動力に相当します。これらの心によって物語は転回していきます。その実際を、舞台下に潜って確かめましょう。

（一）　納得して満足する心

不安、動揺、戸惑いなどが少し解消され、ああそうか、と心が納得すれば、多少は安らぎを得られます。

・その**心得**《こころう》［54］は察しがつく、合点する、と訳され、「心得はてて」になると、すっかりのみ込んで、になります。

「心得」を否定する「心得ず」も、案の定、源氏物語では重宝されていて、いかと思う、合点がいかない、などの訳語が当てられています。『鑑賞』では「心得」の意味を四通りに大別しています。①意味や訳を理解する、事情をのみこむ、②精通する、熟達する、③用心する、④承知する、同意する、引き受ける、です。

面白いことに、否定形の「心得ず」は、源氏物語の終巻、宇治十帖の中では最も短い五十四帖「夢浮橋《ゆめのうきはし》」で四回も使われています。これは誠に意味深いと言えます。浮舟《うきふね》の弟の童《わらわ》も、僧都《そうず》の妹尼も、そして浮舟自身も、何が何だか解せないのです。助けられた状況がまるで夢を見ているかのようです。まさしく帖名の「夢浮橋」は、この状態を言い表していて、読み手の私たちも結末はどうなるのか、「心得ず」、不可解なままの状態で、長い長い物語は終わります。

・宙ぶらりんの訳の分からない心とは反対に、分かって満足するのが**心行く**［48］で、満足する、気分が晴れる、と訳されます。また「心行く」の否定形である「心行かぬ」を多用するのも、紫式部の常套手段です。当てられている現代語は、心が晴れない、満たされない、などです。

そして実は、「夢浮橋」の終幕でもこの否定形が使われています。小君《こぎみ》は慕っている姉の姿を見られなかったのが無念であり、「心ゆかず」のまま、薫《かおる》大将の三条邸に戻って報告します。薫はその報告が不可解かつ期待はずれだったので、誰か別の男が浮舟を隠し囲っているのかもしれないと邪推します。他方で、それでも浮舟に未練を持つ自分の心が、浮舟のみならず妹尼の周辺にまで漏れてしまったのを悔います。浮舟を連れ戻す気になるどころか、我が矜持に傷がついたことのほうが、残念でならなかったのです。

長大な物語を読み進めてきた読者としては、もっとはっきりした決着を望みたいところで、やはり何だか「心得ず」「心行かず」のまま放り出されます。物語の結語も「と、本にはべめる」ですから、「と、この本には書いてあったようです」と、二重に読み手を突き放す手法がとられています。韜晦《とうかい》を好む紫式部の面目躍如と言えます。

・心知る［47］は、文字通り「心が理解している」状態をさします。三十六帖「柏木《かしわぎ》」には、この「心知る」が一度だけ出てきます。光源氏は不義の子の薫を抱いて、そこに柏木の面影を認めます。この先、光源氏はこの薫を実の子として扱わねばなりません。かつて自分が藤壺中宮《ふじつぼのちゅうぐう》と密通して、今の冷《れい》泉《ぜい》帝が生まれたのとそっくりな構図に、光源氏は愕然とし、この事実を「心知れる」人が女房の中にもいるだろう、と思います。

逆に、薫が自分の出生の秘密を知らされるのは、宇治十帖の冒頭の四十五帖「橋姫《はしひめ》」です。八の宮家に昔から仕《つか》えている弁《べん》の尼《あま》の母は、実は柏木の乳母《めのと》であり、母の姉が女三《おんなさん》の宮《みや》の乳母でした。その娘の小侍従《こじじゅう》が女房《にょうぼう》として女三の宮に仕え、柏木の密通の手引きをしたのです。ですから、この二人こそがあの秘事を知っていたわけです。事の次第を打ち明けられた薫は、「心知り」たる人が、生き残っていたとは、と気も動転しながら思います。

いみじくも光源氏が使った「心知り」を、薫も使っているのです。紫式部にとって「心知る」は、秘密の暴露という観点からも、重要な「心」表現だったのでしょう。

・**心入る**［26］も、ある事柄に満足し、一歩進んで、熱中する、の意味で使われ、これが**心に入る**［27］になると、一心不乱に、心に沁み込んで、と訳されます。

この「心入る」も、宇治十帖に三分の一の九回も使われているのが面白いです。匂宮《におうみや》は恋の道に、八の宮や薫は仏道に熱中しているからでしょう。では肝腎の浮舟は何に熱中しているのでしょうか。五十三帖「手習《てならい》」に出てきます。若い尼の姿をした浮舟は数珠を脇の几帳《きちょう》に掛け、「心を入れて」読経《どきょう》しています。そうです、浮舟も今「心を入れ」ているのは仏道でした。

（二） 興味を持つ心

回り舞台を動かす力のひとつは、心の傾き、あるものに惹かれている心です。紫式部も、つとにこの手法を自家薬籠中《じかやくろうちゅう》の物にしていて、一瞥《いちべつ》するに値します。

・まず**心付く**〔10〕と**心に付く**〔15〕は、先述した「心づきなし」の反対語で、心を惹かれる、慕う、の意味です。

・**心留まる**と**心留どむ**〔合わせて116〕は、念を入れる、心を惹かれる、の意であり、否定形の「心留まらず」になると、気に入らない、意に介さず、となります。

・また、**心染**《し》**む**も、やはり何かに心が惹きつけられている状態であり、「心に染まぬ」の否定形になると、相性が悪い、気にくわない、と訳されます。

・**心懸かる**〔21〕と**心に懸かる**〔39〕は意識する、気にかける、と訳されます。

・**心尽くし**と**心を尽くす**も、『鑑賞』によると、「心を用いて心が無くなってしまうほど深い物思いをする」意味です。この「心尽くし」の初出は、人口に膾炙《かいしゃ》している古今和歌集《こきんわかしゅう》の「木の間よりもり来る月の影見れば　心尽くしの秋は来にけり」といいます。

（三）くつろぐ心

源氏物語の登場人物たちがこぞって、「心細さ」と「心憂し」の境遇にあると、第一章で先述しました。各帖では華麗な場面がちりばめられ、さながら王朝絵巻のように表面上はなっています。しかしそうした場面も、どこかに緊張感をはらみ、次に何か不幸事が起こるのではないかと、読者は心の内ではらはらさせられます。事実、柏木《かしわぎ》と女三《おんなさん》の宮《みや》の密通がそうです。世の中が賀茂祭の準備で浮足立っている最中に、事は起こったのです。

とはいえ、源氏物語にもやはり、ゆったりくつろぐ「心」表現は多々あります。最も多いのは**心安し**［179］です。

『鑑賞』では「心やすし」の意味を四つに分類しています。いずれも「心」はくつろいでいます。①心配がないさま、心に屈託がないさま。②気楽なさま、他人に心遣いをさせないさま。③互いの気兼ねがなく親しいさま。④たやすいさま。

・それでは**心解く**［20］はどうでしょうか。これには、安心して、気安く、気を許して、などの訳語が当てられています。否定形の「心解けめ」は、気を許さない、近寄りにくい、という現代語になります。

・**心緩《ゆる》び**［8］は気を許す、くつろぐ、と訳され、否定形の「心緩びなき」は、心の休まる暇もない、となります。『鑑賞』によると、「心緩び」の対極語は第三章「心の強弱」で述べた「心強《こわ》し」です。その「心ごわし」女君として、大君《おおいぎみ》の他に朝顔《あさがお》の姫君も挙げています。二人とも結婚を拒否する点で、「心強し」なのです。

・**心良し**［11］に当てられている現代語は、喜んで、気立てがよい、「心良げ」は気立てがよさそう、です。逆に「心良からず」になると、性格が悪い、気に入らず、と訳されます。

・**心遣《や》り**［31］には、心を楽しませる、安心して、の訳語が当てられています。
その他にも、心のくつろぎを表す「心」表現が少ないながらもあります。
・**心のまるい**は、たやすく、思う通りに、の意味です。
・**心のぶ**は、気を晴らす、心を慰める、と訳されます。
・**心のどまる**は、心静まる、心を落ち着かせて、の意です。
・**心にまかせて**は、自分の一存で、勝手な真似をして、と訳されます。
・**心温《ぬる》く**は、気性がのんびりしている、の意味です。

（四）　交わす心

当然ながら源氏物語には、心と心を通わす「心」表現も出てきます。とはいえ、その数が限られているのは、源氏物語がそもそも、心と心のすれ違いや対立、つまり齟齬《そご》を主題にしているためかもしれません。交わす心のみでは回り舞台も静止してしまいます。

・まずは**心分く**［9］で、当てられている訳語は、心を分けて、心を通わせる、で、否定形の「心分かぬ」になると、心を分け隔てがないように、という現代語が当てられています。

・同様な**心交す**［7］の訳語としては、気を許し合う、しめし合わせる、があります。

・**心許す**［10］には「心を許して」や「こちらから進んで」の訳語が当てられています。

・**心通い**も稀には使われ、「心を通わす」や「共感」の訳語があり、「思い出す」の意味でも用いられています。

・**心を合わせて**もわずかながら出てきていて、しめし合わせて、合意する、の訳語が当てられています。

（五）　気遣う心

源氏物語の登場人物には、ひとりとして単純な人はおらず、誰しもが何かと他者を気遣っています。その気配りの綾の中で物語の回り舞台は展開していきます。身内ばかりで成り立っている平安貴族の世界では、世の評判を常に気にする必要があったのです。

・気遣う心の代表は、まさしく**心遣い**［67］で、当てられている現代語は、気配り、気を遣って、心配り、です。とはいえ、『鑑賞』の註解では、『岩波古語辞典補訂版』にある「将来起こりそうなことに対して心を使うこと」を引用して、心づもり、心がけ、の意もあると述べています。

・**心懸想**《けそう》と**心化粧**［合わせて26］の現代語訳は、張り切って、あれこれ心を配って、などです。『鑑賞』は、この「心化粧」を「人を意識して言動に心を配ったり緊張したりすること」の意だとして、源氏物語では登場人物たちが様々な人間関係の中で、各々「心化粧」しながら生きている、と註釈しています。その点で、全く「心化粧」をしないのが末摘花《すえつむはな》だと指摘するのです。また別の箇所で『鑑賞』は、「化粧」が実際に見えるものであるのに対して、「心化粧」は見えない領域での現象だと、説明しています。そのほとんどが、異性を意識しての緊張状態だというのも首肯できます。

・心しらい［15］の現代語訳は、心遣い、心配り、です。『鑑賞』の解説によると、「しろう」は「行き届くように心を働かせる」意味なので、「心しらう」は心配りをする、気を利かせてとりなす、通暁する、になるといいます。

・心向け［7］に当てられた現代語は、意向、心遣い、心、希望などです。二十六帖「常夏《とこなつ》」に一度使われ、内大臣が夕霧《ゆうぎり》と雲居雁《くもいのかり》の仲を裂いている「心向け」がひどい、と光源氏は玉鬘《たまかずら》に漏らします。

・心用い［7］は、思慮、心構え、心遣い、の意味です。この「心用い」が、六条院の栄華を語る「初音《はつね》」、「胡蝶《こちょう》」に続く「螢《ほたる》」に一回出てきます。「心向け」で説明した「常夏」とともに玉鬘十帖の前半を占める重要な箇所です。長雨の時期になり、玉鬘のいる西の対に赴いた光源氏は、物語論を展開します。それに言寄せて、自分の思慕を切々と玉鬘に訴えます。春の町に戻った光源氏は、今度は紫の上《むらさきのうえ》を相手に物語の功罪について一家言を披露します。この二十五帖「螢」での物語論こそ、紫式部が光源氏に託して語った本音だと喝破したのが、他ならない本居宣長《もとおりのりなが》でした。これについては次頁以下で述べます。

場面は変わって夕霧の話になり、十五歳の夕霧中将は八歳の明石《あかし》の姫君の世話をしながらも、雲居雁のことが頭から離れません。この夕霧は大方の「心用い」が真面目なので、光源氏は安心して姫君を夕霧に任せられるのです。

さて光源氏が物語について論じた内容は、玉鬘相手と紫の上相手の二種があります。まず玉鬘に対しては次のように言います。

（a）物語の中に真実は少ないと分かっていながら、女性はそれに熱中している。女性は人にだまされるために生まれたようだ。

（b）とはいっても、こんな昔のことを書いた物語以外に、心から気晴らしができるものはない。

（c）多くの物語の中でも、上手に書かれているものに接すると、作りごとだと分かっていても、わけもなく感動し、心が惹かれる。

（d）物語は、神代の昔からこの世に起こったことを書き記している。官撰の六国史などは、世の中のほんの一面しか伝えていない。そこへいくと、物語のほうは道理にかなったことが詳しく書かれている。

（e）物語は、人の身の上をありのままに言葉にしたものではない。むしろいいことにつけ、悪いことにつけ、この世に生きる人の有り様を、傍観しているに飽きたらず、聞きっ放しでもいられず、後の世に語り伝えたいと思い、さまざまな事柄を心に包んでおくことができず、言葉にして残した。

（f）それを言葉にする際、ことの良し悪しや言動を実際以上に誇張することがあったとしても、そこで語られているのは、良し悪しのどちらにつけても、この世にありえないことではない。

（g）物語は、国の内外、古今の違いによって、内容の深浅の違いは生じるものの、いちがいにそれを作り話だと言い切ってしまうことはできない。

（h）仏が生真面目な心で説いて残し置かれた経文の中には、矛盾する部分があるものの、それは方便であって、仏が説いたことは、つまるところひとつである。

以上が光源氏による物語論であり、紫の上に対する物語の功罪論は次の通りです。

（i）幼い姫君に、男女の色恋を扱った物語は読んで聞かせないほうがいい。こんなことが世間ではあるものだと見馴れてしまうと、末恐ろしくなる。

（j）継母が継子に対して、意地悪の限りを尽くす昔物語も多い。しかし幼い心に、継母とはこういうものだと先入観を持つのは好ましくない。従って物語を厳重に選ぶ必要がある。

私はこの光源氏の物語論は、そのまま紫式部の物語についての持論だと感じるのですが、研究者の中にはそれを同一視するのを戒める向きもあるようです。果たしてどうでしょうか。まずは、これに関する本居宣長の意見がどうなのか、確認しましょう。『紫文要領《しぶんようりょう》』の中で、「螢《ほたる》」の帖の物語論をそれこそ一字一句検討して、本居宣長が出した結論は以下の通りです。

・直ちにまさしく自己の説をのべ、源氏物語作れる本意をあらわしたり。
・源氏の君の玉かつらの君へかたり給うことによせて、紫式部、此源氏物語をつくれる心ばえをのべたり。

どうでしょうか。私も本居宣長と同意見です。紫式部が光源氏と違った物語論を持つと考えるのは、実作者でない者の勘ぐりでしょう。

・**心異《こころこと》にと心殊《こと》に**［合わせて62］に当てられている訳語は、特別な思い入れ、格別に心を込めて、です。

この「心異に」が三回も出てくるのが、六条院の栄華を描く三十三帖「藤裏葉《ふじのうらば》」であり、その他にも心を配る配慮の「心」表現が多く使われています。「心遣い」［4］、「心用い」［1］、「心寄せ」［5］、「心懸ける」［2］などで、六条院の栄華は、そこに住む紫《むらさき》の上《うえ》、秋好中宮《あきこのむちゅうぐう》、花散里《はなちるさと》、明石の君たちの配慮の上に成り立っているのが理解できます。

・「気遣う心」の掉尾《ちょうび》を飾るのは、現代の私たちも「心して対処します」という具合に使っている**心す**［25］で、心を配って、用心する、の現代語が当てられています。

(六) 美しい心

心の気高さや美しさを表す「心」表現は、思いの外、多くありません。

・**心うつくし**［16］は、優しい、親しみがある、の現代語が当てられています。『鑑賞』の解説によると、幼少の者、小さい物などの愛すべき美に対する感情が、「うつくし」だといいます。現代語の「いとしい」「愛らしくてかわいい」の意らしく、平たく言うと、昨今の「カワイイ」と同じなのかもしれません。別の識者によれば、対象の持つ純真・純粋な、汚《けが》れのない美しさを愛でる賛嘆の情、を表現する言葉です。

・**心高し**［8］に当てられた訳語は、気高さ、気位を高く、です。これが一度出て来るのが十七帖「絵合《えあわせ》」です。光源氏が絵を集めていると聞いて、俄然対抗心を燃やしたのが権中納言《ごんちゅうなごん》で、現代風の派手な絵を描かせては、せっせと弘徽殿女御《こきでんのにょうご》に贈ります。ちょうどその頃、藤壺中宮《ふじつぼのちゅうぐう》も参内《さんだい》していて、絵を見比べる話が持ち上がります。左方の斎宮《さいぐう》の女御と右方の弘徽殿女御から、それぞれ絵に一家言のある女房が三人ずつ出て、批評し合うのです。

竹取《たけとり》物語の絵やうつほ物語の絵、伊勢《いせ》物語や正三位《しょうさんみ》物語の絵、などが次々と俎上に載せられます。弘徽殿女御方の女房が、正三位物語絵が宮中の様子を描いて、伊勢《いせ》物語絵は古臭いとけなします。そこで左方に助け舟を出したのが藤壺中宮で、確かに正三位物語絵の主人公である兵衛の大君《おおいぎみ》の「心高さ」は捨て難いのですが、伊勢物語絵は見た目は古びていても、長い年月を経て残っているのですから、大変貴重です、とたしなめます。

ここで問題にされた『正三位物語』は、現存していません。いわゆる散佚《さんいつ》物語で、『鑑賞』によると現代に伝わっていない古物語は三十篇くらいあるといいます。写本が代々受け継がれなかったのです。源氏物語に書かれて、今に伝わらないのも六作品あるそうで、『交野《かたの》の少将《しょうしょう》』『からもり』『はこやのとじ』『住吉の姫君』『とほ君』『せい川』がそうです。写本がどこか古文書の紙背文書《しはいもんじょ》として眠っているのかもしれません。

・**心賢《かしこ》し**〔3〕は、賢い、うまくしてやったり、と訳されています。最初に出てくるのが十帖「賢《さか》木《き》」です。それでは通常の「賢し」〔61〕と「心賢し」はどう違うのでしょうか。「心賢し」は心理の上での「賢さ」であり、単なる「賢し」は態度や品性、行いの「賢さ」を指しています。

第六章　現代語とは異なる三つの「心」表現

千年も前に書かれた源氏物語ですから、そこで紫式部が使った「心」表現が、現在の意味とズレを生じているのは当然です。この章ではまずズレを確認し、その延長で、今では消えかけている「心」表現にスポットライトを当てます。いわば隠された「心」表現の宝探しです。

（一）「心苦し」「心にくし」「心恥づかし」

・**心苦し**［67］は気の毒、面倒な、気が咎める、などと訳されていて、対象の心の動きを示しています。現代語の「心苦しい」が、逆に自分自身が申し訳なく思ったり、すまなく思ったりするのとは、いささか意味を異にします。

この点について『鑑賞』は詳しく解説しています。「心苦し」の原義は、言葉通り「心が苦しい」様を表し、対象の哀れな様子に、身も世もなく心痛み、心を動かすことだとしています。平たく言えば、愛情を生み出す同情、憐憫、恋情だというのです。別の言い方をすれば、対象の心の痛みを受けとめて、切ない、いたわしい、やりきれない「心」の動きでもあるようです。現代語の「心苦しい」より、深味を持っているのが分かります。さらには、本来の「心苦し」は自分の事に関して言うのが、他人を思い遣って心が痛む、相手に対して気の毒という意味になり、最後には他人が心の痛む状態にある場合にも使われるようになったと註釈しています。その論理でいくと、現代語の「心苦し」は元々の意味に立ち戻っていることになります。

・心にくし〔69〕に当てられている現代語は、奥床しく、身に沁みて、です。『鑑賞』の解説によると、ここには憎悪の感情はなく、むしろ相手に上品さと教養があるため、こちらが抱く羨望や、嫉視《しっし》の感情、気後れを表しているといいます。平たく言えば、しゃくになるほど優れている、という意味でしょう。

・心恥づかし〔35〕は、立派さに気がひける、こちらが気後れする、と訳されています。『鑑賞』によれば、「心恥ずかし」はこちらが相手に対して、きまりが悪い感じがしたり、気おくれがするときに用いられるといいます。逆に言えば、こちらが気おくれするくらいに、相手が立派な感じがする場合に使われます。

（二）　さまざまな心の位相

源氏物語で使われている数多くの「心」表現のうち、心そのものの種々のあり方、いわば心のカタチを描写する特異な表現があります。その中には私たちが今では打ち捨てている貴重な心のカタチで、大いに概観する価値があります。

・**心掟《こころおき》て**［66］の訳語としては、心構え、意向、性分、配慮、心配り、などがあります。『鑑賞』によると、この「心」と「掟て」の複合語である「心掟て」は、文献上源氏物語で初めて使用されたといいます。さらに、その意味を大別して四つに分類します。①心積もり、方針、意向、②心構え、③心遣い、配慮、④趣向、工夫、です。大意としては、心の中で、ある方向へ思い決めておくことを指すというのです。加えて、この「心掟て」が定まっているか否かは、当人の生き方を左右する重要な起点になると註しています。平たく言えば「信条《しんじょう》」かもしれません。紫式部も使い勝手のある「心」表現として重宝したのでしょう。

・**心習い**［16］の現代語としては、経験、性癖、習慣、などが当てられています。

・**心設け**［12］は心の準備、心用意、用意、準備、などと訳されています。

・**心癖**［2］は生まれつきの性癖と訳され、「心の癖」になると、性分や気立てと訳されます。

・**心競《くら》べ**［3］は意地の張り合いを意味し、これが二回出てくるのが、十三帖「明石《あかし》」です。光源氏の手紙に、ようやく明石の君が返事をします。その態度は気位も高く、そう簡単に靡《なび》きそうもないので、二人の間は「心くらべ」で過ぎていきます。『鑑賞』は、光源氏としては明石の君が自ら出仕した形にしたいものの、そうはいかず、かといって自分から明石の君の許に通うのは、従者の良清《よしきよ》がかつて明石の君を自分のものにしようとしていたため、そうするのも不様《ぶざま》であり、「心くらべ」が生じていると註釈しています。

・**心構え**［4］は心づもり、用意、と訳され、「明石」に次ぐ十四帖「澪標《みおつくし》」に一度出てきます。六《ろく》条御息所《じょうのみやすどころ》の娘で前斎宮《さきのさいぐう》には、朱雀院《すざくいん》が入内《じゅだい》させる意向を漏らしますが、光源氏は乗り気がしません。今上帝《きんじょうてい》の冷泉帝《れいぜいてい》こそが入内にふさわしい気がするからです。そこで冷泉帝の母である藤壺宮《ふじつぼのみや》に相談すると、六条御息所の遺言だとすればいい縁だという返事です。光源氏も、自分の「心構え」も同じですと言上します。

・こころざす［12］は、そう考える、意向を持つ、と訳されています。これが三回も出てくるのが二十一帖「少女《おとめ》」です。光源氏は前斎院《さきのさいいん》の朝顔《あさがお》の姫君に歌を贈ります。姫君の叔母の女五の宮は、光源氏を褒めて、あの方がよく手紙をくれるのは、今始まった「心ざし」でもないと、前斎院に諭します。これが一回目で、二回目に出てくるのは、光源氏が息子の夕霧《ゆうぎり》を大学で学ばせようとする条《くだり》です。大学寮出身の上達部《かんだちめ》を厚くもてなすので、学問の道に「心ざす」態度が、ますます光源氏の名を高めます。三回目は、夕霧が勉学に励む姿を見て、人々は螢《ほたる》の光で学ぼうという「心ざし」が優れていると評する箇所です。

・心ながら［27］は、心次第、我ながら、自分ながら、と訳され、四帖「夕顔《ゆうがお》」には二回出てきます。夕顔はひょっとすると、頭中将《とうのちゅうじょう》が雨夜の品定めで話した常夏《とこなつ》の女ではないか、と光源氏は思います。情が移ってしまったので、二条院に迎えてしまおうかとまで考えるのです。仮に心変わりしても、それは自分の「心ながら」だと胸に言いきかせます。ところが光源氏が夕顔を廃院に連れていくと、物《もの》の怪《け》が襲って、夕顔が息絶えます。一体どうしてこんな辛い目に遭うのか、これも自分の「心ながら」ではあるが、と内省します。

・心づから［7］は、自分の心から、身勝手な、などと訳され、十一帖「花散里《はなちるさと》」の冒頭に一度出てきます。人に知られない「心づから」の思い悩みは、光源氏にはついて回ります。ここを『香子』では「自分の所業の果てによる」という現代語にして、自分自身が制御不能の、突き動かされる恋心を暗示しました。

・**心当てに**［2］は当て推量に、見当をつけて、と訳され、「夕顔」では、これが一度出てきます。光源氏が夕顔の家の前を通ると、白い花が咲いていたので、随身《ずいじん》に取って来させると、白い扇に花を載せ、和歌が添えてありました。

心あてにそれかとぞ見る白露《しらつゆ》の
　光そえたる夕顔の花

あなた様が問われる花は、「見当をつけて」お答えします。あなた様の光で輝いているのは夕顔の花です、と『香子』では訳しています。

・**心変り**［5］は、文字通り心変り、人が変わる、と訳され、これが一度出てくるのが、光源氏が表舞台から去る四十一帖「幻《まぼろし》」です。紫《むらさき》の上《うえ》を亡くしたあと、光源氏は涙がちになり、こんな姿を見られまいとして人との対面を避けます。息子の夕霧大将とさえも、御簾《みす》越しの会話です。以前と「心変り」してしまわれたとの噂も立ち始めています。

・心ならず［2］は不本意、本気で志したのではなく、と訳され、まず出てくるのは十帖「賢木《さかき》」です。藤壺宮《ふじつぼのみや》は我が子の東宮《とうぐう》と胸の内で別れを告げ、出家を決意します。光源氏も雲林院に参籠して滞在、帰宅してから藤壺宮に山の紅葉を贈り、文を添えます。仏道修行の日数を「心ならず」と思って、数日になった、というのです。ここを『香子』では「途中でやめるのは不本意だと思って」という現代文にしています。次に出てくるのが三十八帖「鈴虫《すずむし》」です。女三《おんなさん》の宮《みや》の出家の際、仕えていた女房《にょうぼう》たちは我も我もと出家を願い出たのですが、光源氏はそれに対して、それはならぬ、「心ならぬ」人が少しでも交っていると、周囲が迷惑し、妙な噂も立つ、と言って諌めました。この「心ならぬ」を『香子』では「決心が薄い」という現代語にしています。

・心の限り［10］は、思いのたけ、心の限り、精一杯の心を尽くして、などと訳され、二十七帖「篝火《かがりび》」に一度出てきます。初秋の七月、六条院の夏の町の西の対に住む玉鬘《たまかずら》に光源氏が言い寄り、和琴《わごん》を枕にして寄り臥していると、東の対から楽の音が聞こえてきたのです。使いをやってこちらに来させます。夕霧《ゆうぎり》中将と柏木頭中将《かしわぎ》、弁少将《べんのしょうしょう》が参上、夕霧は笛、柏木は光源氏が差し出した和琴を弾き、弁少将が拍子を取って謡うのです。御簾《みす》の中で聴き入る玉鬘は、なるほど和琴の名手の父内大臣《ないだいじん》譲りの手並みと感心します。当の柏木は玉鬘を思う余り「心の限り」を尽くして演じようと思うのですが、そこは抑えて途中でやめます。

・**心のすさび**［11］は、浮気心の戯れ、気紛れ、と訳され、これが二回出てくるのが四帖「夕顔《ゆうがお》」です。夕顔の死後を処理すべく駆けつけた惟光《これみつ》は、万事任せて下さいと光源氏に言上します。しかし世間にこれが漏れると、浮ついた「心のすさび」だと人は噂するだろう、と光源氏は懸念するのです。それでも懲りない光源氏は軒端荻《のきばのおぎ》から返歌を貰い、またもや浮名の立ちそうな「心のすさび」に身を任せようとするのです。

・**心の至り**が使われているのは、たった一度で十三帖「明石《あかし》」に出てきます。大風のため須磨《すま》を退出した光源氏は、明石の入道《にゅうどう》の誘いで明石に移り、その邸に落ち着きます。そこは木立や庭石、前栽《せんざい》も趣があるように整えられていて、絵に描くとすれば、「心のいたり」少ない絵師は、とても表現できないくらいでした。ここを『香子』では全体として「未熟な」と訳しています。『鑑賞』は「心のいたり」そのものは、思慮の深さや心の深さを示すと註しています。

・**心の占**《うら》は唯一、十九帖「薄雲《うすぐも》」で使われています。冬になるにつれて、明石の君《きみ》と母の尼君、娘の明石の姫君が住む大堰《おおい》の邸は、いよいよ心細い有り様になります。光源氏は自邸の二条東院《にじょうひがしのいん》から近い所への移住を勧めます。動きたくないのであれば、せめて姫君を紫の上《むらさきのうえ》に託したらどうか、子供のいない紫の上も世話したがっていると迫ります。悩んだ明石の君が母の尼君に相談すると、娘のためにはそうした方がよいという返答です。そこで明石の君は、賢い人の「心の占」に任せるのです。これを『香子』では「判断」と訳しています。これに関して『鑑賞』は「心の占」は歌語であり、心の中で推し量ったり、占ったりすること、と註し、一方の『岩波』も、「心の占」は心中で占うこと、転じて推量、予測の意味だと解説します。かつ古今和歌集の「かく恋ひむものとは我も思ひにき　心の占ぞまさしかりける」を参考に掲げています。

・**心起つ**［2］は決心を固めると訳され、「心たたず」になると、心が進まない、になります。二十四帖「胡蝶《こちょう》」に一度出てきます。光源氏が六条院に引き取った玉鬘《たまかずら》には、さまざまな男たちから懸想文《けそうぶみ》が届きます。それを見て、光源氏は玉鬘付きの女房《にょうぼう》右近《うこん》を呼んで注意を与えます。男たちが浮気心から花や蝶にかこつけて文を寄せた場合、じらして返事をしないでおくと、逆に相手が「心たつ」ようなことがある、と自らの経験に照らして諭します。ここを『香子』では「熱心になる」と訳しています。

・**心と**［14］は、自分から、と訳されることが多いようです。三十五帖「若菜下《わかなのげ》」では光源氏の正妻に女三《おんなさん》の宮《みや》が降嫁してきたので、東の対に移った紫《むらさき》の上《うえ》は世をはかなんで、「心と」俗世から離れたいと願うようになります。

・**心ばむ**はただ一度、四帖「夕顔《ゆうがお》」に使われています。夕顔を気に入った光源氏は、物騒がしい夕顔の家から、もっと静かな邸に連れ出そうとします。夕顔は白い袷《あわせ》に薄紫色のやわらかな小袿《こうちぎ》姿です。ちょっとした仕草も可憐ですが、どこか弱々しく「心ばみたる」面がもう少し加わっていたらいいのに、と光源氏は思います。ここを『香子』では「しっかりした」と訳しています。

・**心柔らか**も五帖「若紫《わかむらさき》」に使われている一度のみです。幼い若紫を見いだした光源氏は、乳母《めのと》と一緒に二条院に移して、西の対に住まわせます。不安気な紫《むらさき》の君《きみ》に対して、光源氏は、女は「心やわらか」なのがいいのですと諭します。『香子』ではこれを「素直さが一番」と訳しています。

・**心の導《しる》べ**も二帖「帚木《ははきぎ》」に一度使われているのみです。雨夜の品定めの翌月、光源氏は左大臣邸に赴いての帰途、方違《かたたが》えのため、中川にある紀伊《き》守《のかみ》邸に寄って一夜を明かします。紀伊守の後妻の空蟬《うつせみ》が、寝殿の西面にいる気配がします。空蟬の父がこの娘を桐壺《きりつぼ》帝に入内《じゅだい》させたがっていたのを、光源氏は知っているので、好き心に火がつき、みんなが寝静まるのを待って、空蟬の寝所《しんじょ》に忍び込んで、襲うのです。人違いですと空蟬が言っても、光源氏は人違いではなく「心のしるべ」に従って来たのです、と口説きます。『香子』ではここを「恋しい心のままに」と訳しています。「心のしるべ」とは何とも優雅な「心」表現であり、空蟬もこれで身を任せてしまうのです。

・**心若し**［2］は二十二帖「玉鬘」と二十六帖「常夏《とこなつ》」に出てきます。「玉鬘」では、その冒頭、乳母《めのと》の夫が大宰少弐《だざいのしように》になったため、筑紫に下向する場面です。乳母の娘たちは夕顔《ゆうがお》を回想して、「心若い」方でしたが、こんな道中の景色を見せてやりたかったと言い合うのです。「常夏」では、近江《おうみ》の君《きみ》の処遇に悩んで、今では内大臣《ないだいじん》になっている昔の頭中将《とうのちゅうじょう》が、娘の弘徽殿女御《こきでんのにょうご》に相談します。困ったことに、息子の柏木《かしわぎ》中将が「心若く」て浅慮だから、あのような厄介な娘を探し出して来た、と嘆くのです。ここを『香子』では「未熟で」と訳しています。

・**心もて**［16］は、自分の方から、自ら求めて、と訳され、二十九帖「行幸《みゆき》」と三十帖「藤袴《ふじばかま》」に一度ずつ出てきます。「行幸」では、冷泉《れいぜい》帝の大鷹狩り行事で、牛車《ぎっしゃ》の中から帝の姿を見た玉鬘《たまかずら》が、宮仕えもいいかなと思いはじめます。そこで光源氏も出仕に賛成し、紫《むらさき》の上《うえ》に、冷泉帝を見たら誰でも出仕を嫌がらないでしょうと言います。すると紫の上は、「心もて」出仕を思い立つのは出過ぎたことです、とたしなめます。

次の「藤袴」では、美貌の玉鬘だけに各方面から求愛の文が届きます。しかし玉鬘が返歌したのは蛍《ほたる》兵部卿宮《ひょうぶきょうのみや》のみでした。

心もて光にむかうあおいだに
　朝おく霜をおのれやは消《け》つ

これを『香子』では、「自ら」光に向かう葵でさえ、朝置く霜を自分で消したりしません、としています。

・**心取る**［4］は、機嫌を取る、気を引こうとする、というくらいに訳され、これが一度出てくるのが十四帖「澪標《みおつくし》」です。明石《あかし》の君《きみ》に姫君が生まれたと聞いて、紫の上の心中は穏やかではありません。そんな紫の上の「心をとる」のにかまけて、つい通うのが疎かになっているのが花散里《はなちるさと》でした。

・**心及ぶ**は一度だけ三十五帖「若菜下《わかなのげ》」に使われています。女三《おんなさん》の宮《みや》と柏木《かしわぎ》の密通を知った光源氏は、あくまで知らぬ存ぜぬで過ごし、朱雀院《すざくいん》の五十《いか》賀の試楽《しがく》を六条院で催します。そこに柏木も招くのです。病の床に就いていた柏木は参上して、光源氏と対面し、朱雀院が女三の宮との語らいを望んでいると言上します。すると光源氏も、あの朱雀院は万事「心及ば」ないことはないのです、と応じます。ここを『香子』では「心得があって」と訳しています。

こうして長い源氏物語の中で、わずか一、二度しか使われていない「心」表現があるのを見届けた今、私はこれを紫式部が初めて使った新語、つまり言語新作ではないかと推測します。「心」表現を駆使したい紫式部にとって、従来の「心」表現だけでは言い尽くせなかったのでしょう。

（三）「心幼し」と「何心無し」の微妙な違い

「心幼し」も「何心なし」も「無邪気」に近い意味のようですが、微妙な違いがあるのかもしれません。検証しましょう。源氏物語の絶妙な表現が垣間見えるはずです。

・**心幼し**［17］は、子供っぽく、軽率な、幼稚な、などと訳されています。これらをまとめて『鑑賞』は、未熟で考えが浅はかな意味だと解釈しています。さらにこの「心幼し」が男女の仲について使われると、軽はずみな行為を指すと記しています。その例として四つの軽率な行為を挙げています。第一は夕霧《ゆうぎり》と雲居雁《くもいのかり》の幼い恋で、二人とも大宮《おおみや》の許で育てられているうちに、親密な仲になってしまいます。第二は、九州から逃げ帰る際の玉鬘《たまかずら》一行の慌てふためきぶりです。係累があるのを断ち切り、京での住居も生計の手立ても考えずに船出するのです。第三は女三《おんなさん》の宮《みや》の、密通への対処の仕方です。柏木《かしわぎ》からの恋文を無雑作に放置していたので、光源氏から見られるはめになります。四番目が、宇治十帖での中の君の結婚三日夜《みかよ》の餅《もちい》を用意する、大君《おおいぎみ》の世間知らずの点です。もう少し匂宮《におうみや》の行為を見極めてから、対処すべきだったのです。

・**幼な心**は、十七帖「絵合《えあわせ》」に一度出てきます。朱雀《すざく》帝即位によって伊勢《いせ》斎宮《さいぐう》に選ばれた、六条《ろくじょうの》御息所《みやすどころ》の娘は十四歳でした。三年の潔斎《けっさい》期間を経て、母娘は共に伊勢に下向し、そこで五年を過ごしたあと、朱雀帝から冷泉帝《れいぜい》への代替わりで斎宮《さいぐう》が交代します。この前斎宮《さきのさいぐう》が、藤壺中宮《ふじつぼのちゅうぐう》と光源氏の後押しで冷泉院への入内《じゅだい》が決まります。斎宮女御二十二歳に対して冷泉帝は十三歳でした。そこへ朱雀院からの豪華な挿櫛《さしぐし》の箱の贈り物が届き、あなたを斎宮にして送り出したとき、あなたの髪に挿した小櫛《おぐし》は覚えていますか、と歌が添えられていました。あのとき、涙を流した朱雀帝の様子を見て感動した「幼な心」を、前斎宮は思い出すのです。

・幼き心地と**幼心地**［15］は、思慮分別の未熟さ、足りなさを意味しています。どんな登場人物がそうなのか検討しましょう。

一帖「桐壺《きりつぼ》」では、光源氏が「幼心地」にも、新しく桐壺帝に入内《じゅだい》した藤壺《ふじつぼ》を慕っている心の内を見せます。二帖「帚木《ははきぎ》」では、空蟬《うつせみ》と契ったあと、忘れられなくなった光源氏は、その弟の小君《こぎみ》を近習《きんじゅ》にします。その小君が光源氏の手紙を持ってきたので、空蟬は感涙にむせび、小君が「幼心地」に深くも考えずに持参したと思うのです。三帖「空蟬」でも小君に関してであり、小君は光源氏を三たび紀伊守《きのかみ》邸に案内しようとしています。「幼き心地」にどんな時がいいのかうかがうのです。五帖「若紫《わかむらさき》」では祖母の尼があなたの母君は十歳のときにはしっかりしていたのに、あなたを見ていると、先が思いやられますと言います。すると若紫は、「幼心地」にも尼君をじっと見つめて伏し目になります。

次は十二帖「須磨《すま》」で、光源氏は自ら須磨への謫居《たっきょ》を決め、その前にゆかりの女君たちを次々と訪ねます。亡き葵の上《あおいのうえ》の母である大宮《おおみや》、紫の上《むらさきのうえ》、花散里《はなちるさと》、朧月夜《おぼろづきよ》、そして藤壺宮《ふじつぼのみや》です。東宮《とうぐう》には手紙を王《おう》命婦《みょうぶ》に託します。その手紙を東宮は「幼き御心地」にも真剣に見入るのです。『鑑賞』ではこれを「幼な心」と訳しています。十八帖「松風《まつかぜ》」では光源氏は明石《あかし》の姫君を母の明石の君から引き離して、二条院に移すつもりです。しかし明石の君の嘆きを考えると、なかなか言い出せません。当の姫君は「幼き心地」に少し恥ずかしがっているものの、少しずつ馴れてきています。

一方、二十一帖「少女《おとめ》」では「幼き心」「心幼し」「幼心地」がそれぞれ二度出てきます。光源氏が夕《ゆう》霧《ぎり》を大学で学ばせる意向だと聞いた大宮は、夕霧が「幼心地」にも口惜しがっていると嘆くのです。

夕霧と雲居雁《くもいのかり》の仲睦まじさを懸念して、父の内大臣《ないだいじん》は二人を別々の部屋に引き離します。夕霧は「幼心地」にも思うところがあって、辛く感じます。

夕霧は雲居雁と文を交わし合い、そんな手紙が「心幼く」て自然にこぼれ落ちて、女房《にょうぼう》たちの目に入ることもありました。

内大臣が責めるのは、二人を放任していた大宮で、乳母《めのと》たちにも文句を言います。若い人と言いながら「心幼く」しているのを知らず人並みと思っていた自分がおろかだったと反省もします。

内大臣はとうとう雲居雁を、大宮の許から引き離して自邸に連れて行こうとします。大宮は二人が「幼い心」とはいえ、自分に内緒にしていたのは不快です、と嘆くのです。次は仲を裂かれようとする夕霧と雲居雁が互いに嘆き合う場面で、雁《かり》が鳴く声を耳にして「幼き心地」に思い乱れます。最後に出てくるのは、いざ内大臣が雲居雁を連れ出しに来る場面です。大宮の許に二人置いていたら、「幼き心」のままによからぬ事も生じるのだと思います。

これまで検討した「心幼し」「幼な心」「幼き心地」「幼心地」の四つの「心」表現を、紫式部がどう使い分けたかは、私にも分かりません。しかしこれらの「未熟さ」や「子供心」を示す「心」表現が源氏物語の中で重要な役目を担っているのは確かです。何よりも子供を描き出すのには欠かせない言葉です。源氏物語の中で子供が生き生きと描かれているのは、これらの表現のおかげなのです。

・何心無し［55］は、何も知らない、無邪気に、深く考えずに、などと訳されています。『鑑賞』は、「何心なし」も「心幼し」と同じ意味で、何の心も持っていない、つまり無邪気なさまを指し、転じて思慮の浅い様子をいう、と註釈しています。大多数は十二、三歳までの子供に用いられ、大人では、前述のように女三《おんなさん》の宮《みや》が柏木《かしわぎ》の恋文をうっかり敷物の下に置きっ放しにしていた、軽はずみにも使われているとしています。これはいわば女三の宮の鈍感さであると見て、子供の例では若紫《わかむらさき》、夕《ゆう》霧《ぎり》、雲居雁《くもいのかり》、明石《あかし》の姫君に頻用されていると註しています。これまた先述した「心幼し」などの表現とともに、子供の描写には必須の言葉だったのでしょう。そして大人について用いられたときは、当該人物の「浅慮」を浮き彫りにします。とはいえ、そこには微妙な差が感じられます。「何心なし」は「心幼し」よりも対象の範囲が広く、「あれこれ思いを巡らすこともなく」という状況下で用いられていますの意味の度合いも「心幼し」より強いのではないでしょうか。

第七章

主な女君たち二十五人の心

源氏物語は光源氏の物語であるとはいえ、光源氏は黒子なのです。さまざまな女君《おんなぎみ》たちを登場させるための、いわば狂言回しです。紫式部が描き分けた女君の数は、両手両足の指をもってしても、超えてしまいます。

二十数人の女性を、ひとつの作品の中で描写した作品は、空前絶後と言っていいかもしれません。かのシェイクスピアにしても、男の群像は描き切っても、主要な女性はさして多くありません。ましてや現代作家で、これほどまでの数の女性を描いた人はいないでしょう。今後も出るとは到底思えません。

源氏物語を読むと、光源氏の姿はどこか後景に消え去り、読後感としては女性の生き方と人物像が、あたかも曼荼羅のように脳裡に刻まれるのです。これこそ紫式部の卓抜な手腕であり、フランスが誇る女性作家マルグリット・ユルスナールをして、「これ以上はうまく書けない」と言わしめました。加えて「紫式部は中世日本のプルーストだ」とも言い切ったのです。

マルセル・プルーストは、島崎藤村より八カ月早く生まれた全くの同時代人です。代表作は『失われた時を求めて』で、たいていの教養人は知っているでしょう。私自身は仏文学専攻でありながら、どこか空回りの思索についていけず、『失われた時を求めて』の第一編、「スワン家のほうへ」の途中で読むのを断念しました。主任教授がプルーストの邦訳で有名な井上究一郎教授だったにもかかわらずです。私が選んだ卒論の対象はマルグリット・デュラスで、文章が短く、平易なフランス語だったからです。『失われた時を求めて』については、仏文科の同期生、工藤庸子東大名誉教授の的確な文章があります（『プルーストからコレットへ』中公新書、五〜六頁）。

『失われた時を求めて』はさまざまの読み方ができる作品である。ひとりの作家が誕生するまでの文学的模索の過程を語った芸術家小説。愛と死、そしてとりわけ時間という永遠のテーマに正面からとり組んだ形而上学的小説。さらには喜びや悲しみとともに日々の平凡なドラマを生きる人々が、大勢登場する文字どおりの風俗小説。しかしこうした要素を独立した三本の柱のように別個に考察しようとすれば、それだけで、この複雑に入り組んだ作品を形骸化させることになるだろう……。

ユルスナールに「これ以上はうまく書けない」と言わしめた紫式部の技量は次の五点です。①物事の深い意味、②時の移ろい、③甘美な恋、④人生のはかない悲劇、⑤見えないものを現前させる才能、です。

ユルスナールによるこの五つの要素こそ、本居宣長《もとおりのりなが》が提唱した「物のあはれ」の内実ではないかと、私は思うのです。そうです、源氏物語に見たものは、本居宣長とユルスナールで同一だったのです。

アーサー・ウェイリー訳の源氏物語を読み、紫式部こそ「魂の姉妹」とまで心酔したユルスナールは、そのとき二十歳そこそこでした。その十五年後の一九三七年、ユルスナールは『源氏の君の最後の恋』という短篇を書きます。その中では、何と深山に隠棲した光源氏は、視力を失いつつありました。そこへ村娘や下級貴族の妻を装った花散里《はなちるさと》が、手を替え品を替えして訪れます。一年の時の移ろいと情感を活写した、誠に源氏物語の別巻にふさわしい作品です。ユルスナールの紫式部に対する憧憬が反映された、見事な筆致にもなっています。

ついでに加言すると、このユルスナールは一度も正規の学校教育を受けていません。すべて博学かつ裕福な父親から教えを受け、自分から学んで、途方もない語学力と博識を獲得したのです。非正規の教育だったからこそ、とてつもない教養人が育ったのです。窮屈な日本の学校教育からすれば、余りに皮肉な知の巨人なのです。

ユルスナールから紫式部と比較されたプルーストは、実に天の配剤としか思えないのですが、一九一四年七月二十八日に始まった第一次世界大戦下のある時期、島崎藤村と同じくパリに滞在していました。しかも二人とも、ドイツのツェッペリン飛行船が、夜のパリに爆弾を落とすのを目撃していたのです。一九一六年三月下旬のことです。

島崎藤村は『エトランゼエ』（春陽堂）でこう書いています。

六層もしくは七層から成る高い町々の建築物はいづれも形をひそめて、夜の闇に隠れて居た。私は天文臺前の廣場まで歩いて行って見た。そこまで行くと、遠い夜の空を照らすサアチ、ライトが物凄く私の眼に映った。敵の飛行船を捜そうとするらしいその光は、どうかすると右からも左からも町の空を貫いた。廣場の中央にある銅像の側あたりには、そこにもこゝにも町の人達が黒い影のように動いて居た。

一方プルーストは、死後に刊行された『失われた時を求めて』の第七編『見出された時』で、同じ飛行船を描写しています。これは井上究一郎教授の訳『見出された時Ⅰ』（ちくま文庫、二〇〇頁）です。

数時間まえに私が見た飛行機は、青い夕空に褐色の斑点を昆虫のように散らしていたが、それがいまは、部分的に街灯が消されていっそう深くなったように思われる闇のなかに、投げる炬火であかるい古代の火船のように通りすぎていた。それらの人間流星がわれわれに感じさせたもっとも大きな美的印象は、おそらくなんといっても、ふだんこのパリでそこまで目をあげることがほとんどないあの夜空を、われわれに見つめさせることであったろう。

どうでしょうか。こうしてユルスナールやプルーストについて知ると、紫式部の実力が時空を超えて、私たちに繋がっているのが分かるのではないでしょうか。源氏物語は千年を経た今日でも、私たちを照射してくれる作品なのです。

こうした視点から、紫式部が渾身の力を絞って紡ぎ分けた女君たち二十五人を、「心」表現によって見ていきましょう。

(一) 桐壺更衣《きりつぼのこうい》

いわゆる光源氏の生母で、桐壺帝に寵愛された女君です。中宮《ちゅうぐう》でも女御《にょうご》でもなく、更衣という低い位にあったので、その局《つぼね》も、桐壺帝の寝所《しんじょ》である清涼殿《せいりょうでん》から最も遠い、淑景舎《しげいしゃ》にありました。そのため帝から呼ばれるたびに、渡殿《わたどの》や簀子《すのこ》など長い距離を移動しなければなりません。妬んでいる他の女御や更衣たちは、そこに汚物などを置かせて、衣装の裾《すそ》を汚れさせる意地悪をします。

その心労は並大抵ではなく、更衣は桐壺帝の愛顧を恨めしいと思ったこともあったでしょう。もともと帝に入内《じゅだい》するのも、父の按察大納言《あぜちのだいなごん》の遺言だったので、母である北の方も仕方なく従ったのです。不本意な内裏《だいり》暮らしだったと思います。

私は自由奔放な光源氏の行動を辿るとき、その背後にこの更衣の悲しげな表情をつい感じてしまいます。ましてこの女君は、桐壺帝の第二皇子である光源氏を産んだとき、どう思ったでしょう。どうせ身分の低い自分が産んだ皇子なので、将来は苦労の多い人生を送るだろうと、手放しでは喜べなかったに違いありません。しかもまだ我が子が物心つかないうちに、自分はこの世から消えてしまうのですから、どうかお前だけは幸せな人生を送っておくれ、と涙を流して祈りながら、息を引き取ったのでしょう。

紫式部は決して、この桐壺更衣に多くの筆を使ってはいません。あくまで影絵のようにしか描いてはいないのです。しかしそれだけに、紫式部がこの更衣の存在に千鈞《せんきん》の重みを置いているのが実感できます。

光源氏には、この実母の不在がずっとついて回ります。思い出そうにも手掛かりさえないのです。内裏の桐壺帝の側でいかに大切に育てられても、その空白は埋められません。

亡き桐壺更衣に似ているとして帝が入内させた藤壺宮《ふじつぼのみや》を、幼い光源氏が慕い、ついには密通に至るのも、この空白が生み出した磁場のせいだったのでしょう。

桐壺更衣に使われる「心」表現は、「心細げ」「はかなき心地」です。心労からの病に倒れ、内裏を出るとき、更衣は歌を帝に残します。「限りとて別るる道の悲しきに　いかまほしきは命なりけり」(限りある命だと思ってお別れする、死出の道の悲しさです。できれば生きていたいと切に思うのですが)でした。

なお、明石《あかし》の入道《にゅうどう》は桐壺更衣のいとこになります。

(二)　六条御息所《ろくじょうのみやすどころ》

桐壺更衣《きりつぼのこうい》と違って、六条御息所は強い女君ではあるものの、東宮妃《とうぐう》になったあと、東宮と死別するという暗い運命を背負っています。年下の光源氏の通いを受け入れたのも、夫の夭折の悲しみのゆえだったのかもしれません。しかしこの六条御息所の気丈さに気圧《けお》されて、やがて光源氏は煙たさを感じるようになります。六条御息所はその薄情さを恨んで、車争いで恥をかかされた葵《あおい》の上《うえ》に、生霊《いきりょう》となって取り憑きます。同様に夕顔《ゆうがお》にも、生霊となって命を奪うのです。またその死霊は紫《むらさき》の上《うえ》の死の床にも、女三《おんなさん》の宮《みや》の出家の折にも、取り憑くほど強力です。

六条御息所は能書でもあり、「心深い」人なので、相手はどうしても息苦しくなります。「心にくく」「心深く」「心揺びなく」「心解け」ない人です。「ひたぶる心」や「挑み心」も生じて、「現心」でない自分になるのを自覚しています。

桐壺帝が朱雀《すざく》帝に譲位したのに伴い、姫君が斎宮《さいぐう》に卜定《ぼくじょう》されたので、共に伊勢《いせ》へ下向します。朱雀帝が冷泉《れいぜい》帝に譲位したとき、姫君は斎宮を退下し、帰京して六条の旧邸に住みます。六条御息所はやがて病を得て出家します。見舞った光源氏に、前斎宮《さきのさいぐう》の後事を託して死去します。

その遺言通りに光源氏は前斎宮を冷泉帝に入内《じゅだい》させ、この斎宮女御が秋好中宮《あきこのむちゅうぐう》になります。光源氏は、故御息所の六条の旧邸を拡張して広大な六条院を造営し、その西南にある秋の町が秋好中宮の里邸になるのです。

(三) 空蟬《うつせみ》

空蟬は、雨夜の品定めで、多少出自が低くてもいい女がいると聞いた光源氏が、関係を持った女君です。空蟬は衛門督《えもんのかみ》だった父の没後、弟の小君《こぎみ》を連れて、高齢の伊予介《いよのすけ》の後妻になりました。継子の紀伊《き》守《のかみ》の邸にいたとき、方違《かたたが》えに泊まった光源氏と一夜を共にします。しかしその後は光源氏を拒み、忍び入った光源氏の気配を感じた空蟬は小袿《こうちぎ》を脱いで隠れます。横に寝ていた継子の軒端荻《のきばのおぎ》と、光源氏は契ってしまうのです。

そんな空蟬の心中を語る「心」表現は、「心やまし」と「強き心」です。そして「つれなき心」でしょう。一度の交わりのあとは光源氏を拒み続ける空蟬に対して、光源氏は歌を贈ります。「帚木《ははきぎ》の心を知らで園原《そのはら》の　道にあやなくまどいぬるかな」（近づくと遠ざかる帚木のような、あなたの心も知らずに、園原の道で訳も分からず迷っています）

これに対する返歌は「数ならぬ伏屋に生うる名の憂さに　あるにもあらず消ゆる帚木」（ものの数には入らない貧家育ちの身は辛く、いたたまれずに消えてしまう帚木なのです）でした。帚木は帚《ほうき》を逆さにしたような伝説上の木で、信濃国《しなののくに》にあって、遠くからは見えても、近づくと見えなくなるそうです。

その後、空蟬は夫の伊予介とともに任国の伊予や常陸国《ひたちのくに》に下り、十二年後に任果てて帰京の途中、逢《おう》坂《さか》の関で、石山《いしやま》参詣の光源氏の一行と遭遇します。夫の死後、継子の紀伊守に言い寄られるのを回避するため出家します。その後は光源氏が二条東院《にじょうひがしのいん》に迎え、空蟬は仏道に励みます。

(四)　夕顔《ゆうがお》

夕顔の父親は三位中将で、その死後、頭中将《とうのちゅうじょう》が通うようになり、女の子を出産します。ところが頭中将の正妻に脅迫されて、幼い娘と一緒に姿を隠したのです。この話は、光源氏が雨夜の品定めのときに聞いていました。光源氏が五条に住む大弐《だいに》の乳母《めのと》を見舞う途中で、垣根に咲いていた夕顔の花の縁で、お互い身分を明かさないまま交情を重ねます。光源氏が廃院に夕顔を連れ出したとき、物《もの》の怪《け》に憑かれて忽然と息絶えるのです。まだ十九歳の若さでした。

この薄命な夕顔に当てられた「心」表現は、「あえかなる心地」や「心細さ」、「あやしき心地」の他に、純粋無垢な「何心もなし」などでしょう。

この夕顔の娘が玉鬘《たまかずら》なのですから、物語の懐の深さがこれだけでも分かります。

(五) 紫《むらさき》の上《うえ》

父は式部卿宮《しきぶきょうのみや》で、その妹が藤壺中宮《ふじつぼのちゅうぐう》です。紫の上は中宮の姪なのです。どこか面影が似ているのは当然でしょう。母は按察大納言《あぜちのだいなごん》の娘ですが、その死後は北山で祖母に養育されていました。病の加持で北山を訪れていた光源氏に見出され、祖母の尼君《あまぎみ》の死後、光源氏に引き取られます。幼い頃は若紫《わかむらさき》と称されていました。「幼心地」や「さかしら心なく」が、その頃の「心」表現です。

光源氏の正妻である葵《あおい》の上《うえ》が死去すると、紫の上は光源氏と新枕《にいまくら》を交わします。その後、光源氏が須《す》磨《ま》・明石《あかし》に流《る》謫《たく》していた間は、留守邸を守り抜きます。光源氏からの文で、明石の君の存在を知り、また帰京後には、明石の姫君の誕生も聞かされます。

明石の姫君を二条院に迎えて養育し、光源氏が六条院を造営すると東南の春の町に移ります。その六条院に住み移った秋好中宮《あきこのむちゅうぐう》や玉鬘《たまかずら》、さらに花散里《はなちるさと》や明石《あかし》の君《きみ》とも、淡々とした交流を保ちます。明石の姫君の今上帝《きんじょう》への入内に際しては、母親代わりになります。

そこへ女三《おんなさん》の宮《みや》が降嫁してきたので、それまで准正妻だった地位を追われます。それでも明石の姫君が出産した第一皇子の世話をしたり、第三皇子の匂宮《におうみや》を育てたりして、六条院を守ります。三十七歳の厄年を迎え、病がちになって二条院に移り、ここを守るように匂宮に遺言をして息絶えるのです。まさしく光源氏の人生を裏から支え続けたのが紫の上でした。

こうした非の打ち所のない紫の上に当てられた「心」表現は、「心細し」「心憂し」が混じるとしても、「心うつくしく」「心用い」「まめやかなる心ばえ」「すぐれたる心ざし」「心にくし」「二筋の心づかい」などです。

余生少なしと覚った紫の上は、二条院で法華八講の法会を催します。そこに花散里や明石の君も足を運びます。その折に、匂宮を使いとして明石の君に歌を贈ります。「惜しからぬこの身ながらも限りとて　薪尽《たきぎ》きなんことの悲しさ」（惜しくもないこの身ですが、これを最期と命が燃え尽きるのは悲しゅうございます）。もっとあなたの実子である明石の姫君の行く末を、見届けたかったのにという無念さの吐露でしょう。

法会が果てたとき、花散里にも贈歌します。「絶えぬべきみのりながらぞ頼まるる　世々《よよ》にと結ぶ中の契りを」（これが最期の法会でしょうか、わたくしの身が絶えても、この功徳でいつまでも結ばれるあなたとのご縁を頼もしく思います）。六条院に共に住み、縁の下の力持ちになっていた花散里への感謝の辞です。

そして辞世の歌は、「おくと見るほどぞはかなきともすれば　風に乱るる萩《はぎ》の上露《うわつゆ》」（こうして起きているると安心していても、それは束の間、吹く風に乱れ散る、萩の枝に置く露がわたくしの命です）。

何と見事な紫の上の人生だったのでしょう。感嘆を禁じ得ません。

（六）　末摘花《すえつむはな》

常陸宮《ひたちのみや》の娘で、父宮の死後、その邸に女房《にょうぼう》たちとひっそり住んでいます。琴《きん》の琴《こと》が上手と聞いた光源氏が接近し、情を交わします。翌朝、その末摘花の特異な容貌に、光源氏はびっくりするとともに、生活の貧窮ぶりにも驚きます。光源氏が須磨《すま》・明石《あかし》に流離の間に、さらなる困窮の中で女房たちは去り、邸も荒廃します。光源氏が帰京し、花散里《はなちるさと》を訪問する道すがら、この荒れ果てた邸に気がつき、再会します。そして二条東院《にじょうひがしのいん》に迎え入れるのです。

末摘花の叔母は大宰大弐《だざいのだいに》の妻になっていて、下向のとき、末摘花を誘います。あわよくば自分の娘の女房にでもしようと考えていたのでしょう。言うがままになっていれば、全く別の人生になっていたはずです。

こうした時代遅れで頑固な末摘花に当てられた「心」表現は、「心苦し」「心づきなし」「かどめきたる心」「心やましい」「心なし」「心遅し」「心おごり」「心砕ける」「心強し」などです。

（七）葵の上《あおいのうえ》

母は桐壺帝《きりつぼ》の妹の大宮《おおみや》、父は左大臣、兄が頭中将《とうのちゆうじよう》であり、光源氏と結婚した葵の上は、光源氏より四歳年上です。もともとは、後の朱雀帝《すざく》である東宮《とうぐう》から望まれていたくらいの姫君ですから、気位が高く、光源氏とは打ち解けないまま九年が過ぎて、ようやく懐妊します。新斎院御禊《さいいんごけい》の見物に出かけた折、従者が六条御息所《ろくじようのみやすどころ》の従者と、牛車《ぎつしや》の位置を巡って車争いをします。負けたのは六条御息所側で、後方に押しやられ、轅《ながえ》も榻《しじ》もへし折られます。この恨みで六条御息所の生霊《いきりよう》が葵の上に取り憑き、夕霧《ゆうぎり》を出産したあと、急逝してしまいます。享年二十六でした。

この誇り高い葵の上にまつわる「心」表現は、「心苦し」「心細げ」「心もとなし」「心の隔て」などです。

（八）花散里《はなちるさと》

花散里は桐壺院に入内《じゆだい》していた麗景殿女御《れいけいでんのにようご》の妹です。光源氏は早い時期に宮廷で花散里を見初めていたと思われます。この麗景殿女御も、光源氏の母の桐壺更衣《こうい》同様、弘徽殿女御《こきでんのにようご》の勢力に押されっ放しでした。そのせいか、桐壺更衣とは意を通じ、藤壺宮《ふじつぼのみや》とも仲良くしていたでしょう。皇子もなかったので、桐壺院の没後は、荒れた里邸に姉妹で住み、光源氏の援助を受けていました。

決して美人ではありませんが、裁縫や染色の才があり、催事には人々の衣装を準備してやります。二条《にじようひがしのいん》東院に住み、まだ学生の夕霧《ゆうぎり》や玉鬘《たまかずら》の面倒を見てやり、六条院が完成してからは、東北の夏の町に住みます。そこで、夕霧と藤典侍《とうのないしのすけ》の間にできた子を養育もします。光源氏没後は再び二条東院に移ります。

このように目立たずに光源氏の生活を裏で支えている花散里に当てられる「心」表現は、「人知れぬ心」と「心やすし」であり、いつも静かにして自らの心を露わにしない女君なのです。

（九）藤壺中宮《ふじつぼのちゅうぐう》

桐壺《きりつぼ》帝の先帝の四《し》の宮です。式部卿宮《しきぶきょうのみや》の妹であり、紫《むらさき》の上《うえ》の叔母です。桐壺更衣《こうい》に似ていたので、桐壺帝に請われて入内《じゅだい》、内裏《だいり》で育てられていた光源氏から慕われ、意中の人になります。病で宮中から退出して里邸にいるのを見計らった光源氏は、女房《にょうぼう》の王命婦《おうみょうぶ》の手引きで逢瀬を持ちます。このために懐妊して翌年、光源氏そっくりの皇子を出産、藤壺宮は苦しみます。藤壺宮は弘徽殿女御《こきでんのにょうご》を越して、中宮になり、桐壺帝の譲位のあとも共に暮らし、死去後は三条宮に移ります。弘徽殿女御腹の皇子が朱雀《すざく》帝になり、藤壺腹の皇子は東宮《とうぐう》になります。

三条宮に忍び入った光源氏に困惑して、故桐壺院の一周忌に出家します。光源氏が須磨《すま》に流されている間も、文を交わします。光源氏が帰京し、朱雀帝が譲位し、東宮が冷泉《れいぜい》帝になると、六条御息所《ろくじょうのみやすどころ》の娘の前斎宮《さきのさいぐう》を入内させます。これが秋好中宮《あきこのむちゅうぐう》です。病を得て三十七歳で死去します。

光源氏に幼い頃から思慕され、たった一回の密事《みそかごと》で皇子を出産した罪の意識は、ずっと藤壺中宮についてまわります。しかしその秘密は、冷泉帝のためにも光源氏のためにも、最後まで秘めたままにされました。琴《きん》の琴《こと》の名手であり、能書でした。

こんな藤壺中宮に当てられた「心」表現は、「心深し」「心憂し」「おおけなき心」「夢の心地」「心解けぬ」「心恥づかし」「心惑い」などと多様です。

(十) 朝顔《あさがお》の姫君

桃園式部卿宮《ももぞのしきぶきょうのみや》の姫君で、かつて光源氏から朝顔の花にちなんで歌を贈られ、懸想《けそう》されます。しかし光源氏との仲を嘆く六条御息所《ろくじょうのみやすどころ》のようにはなるまいとして、孤高を保つのです。桐壺院の崩御に伴い、賀茂神社の斎院に立ち、桃園式部卿宮が死去すると、斎院を退いて桃園邸に叔母と一緒に住みます。光源氏が訪れても、靡《なび》かず、叔母が二人の結婚を勧めても決心は固く、拒みます。光源氏とのやりとりは続き、出家したあとも、光源氏はその人柄を惜しみました。

こんな身の固い姫君に当てられた「心」表現は、「動きなき心」です。

(十一) 朧月夜《おぼろづきよ》

右大臣の六女で弘徽殿大后《こきでんのおおきさき》の妹です。内裏《だいり》の姉の許にいたとき、光源氏と情を結び、右大臣家の藤の宴でも契り、朱雀《すざく》帝の尚侍《ないしのかみ》になったあとも、光源氏と密会を重ねます。しかし密会を父右大臣に見つかり、これが光源氏の須磨《すま》謫居《たつきょ》の要因のひとつになります。須磨の光源氏にも文を贈り、慕うのですが、光源氏帰京後はもはや誘いには乗らず、朱雀院の出家後も近侍します。自らの出家の際は、光源氏から法服を贈られます。光源氏はその美しさを賞賛し、仮名の名手でもありました。

こんな朧月夜の君に当てられた「心」表現は、「心通い」「若びたる心地」「われかの心地」「心苦し」「心に染む」などです。

（十二）　弘徽殿大后《こきでんのおおきさき》

右大臣の娘で、桐壺《きりつぼ》帝の女御《にょうご》として入内《じゅだい》し、第一皇子を産み、それが朱雀《すざく》帝になると大后の位につきます。妹である朧月夜《おぼろづきよ》を朱雀帝に入内させようとしていたところ、光源氏が籠絡《ろうらく》してしまったので、光源氏への憎悪が募ります。光源氏を難詰して須磨に追いやり、赦《ゆる》されて帰京後も辛く当たります。冷泉《れいぜい》帝がまだ朱雀帝の東宮《とうぐう》だった頃、東宮を廃して、八の宮を擁立する画策もしました。

いわば一貫して光源氏の敵役である弘徽殿女御に当てられた「心」表現は、「いとどしき心」に尽きるようです。

（十三）　明石《あかし》の君《きみ》

明石の入道《にゅうどう》のひとり娘で、母は明石の尼君《あまぎみ》です。光源氏が須磨《すま》から明石に移ったあと、明石入道から結婚の申し入れがあります。明石の君は身分の違いから乗り気ではないのですが、結ばれて明石の姫君を出産します。京でそれを聞いた光源氏は、京に迎えようとします。畏れ多さを感じた明石の君は姫君と母尼君とともに、京の近くの大堰《おおい》の山荘に移ります。姫君は光源氏に請われて紫《むらさき》の上《うえ》に養育されます。

六条院が完成すると、冬の町に迎え入れられます。今上《きんじょう》帝に姫君が入内《じゅだい》する際は、後見役を務め、冬の町で明石の女御《にょうご》が若宮（東宮《とうぐう》）を産んだときも、世話をします。紫の上が病を得ると、明石中宮と一緒に見舞い、光源氏の死後は、孫宮たちの養育をします。

このように受領《ずりょう》の娘から、中宮の母の地位まで昇りつめた明石の君に当てられた「心」表現は「心やまし」「心の底見えず」「心置く」「心にくし」などです。

（十四）玉鬘《たまかずら》

実父は頭中将《とうのちゅうじょう》で、母は夕顔《ゆうがお》です。夕顔の急死後、乳母《めのと》に養われ、四歳のとき乳母の夫が大宰少弐《だざいのしょうに》に任じられたので、一緒に筑紫《つくし》に下向します。十歳のとき少弐は筑前で死去、上京がかなわないままそこで暮らし、二十歳で肥前《ひぜん》に移ります。そこで強引な求婚を大夫監《たいふのげん》から受け、命からがら一家で帰京します。九条の貧屋に落ちつき、長谷《はせ》寺詣でをしたとき、偶然夕顔の侍女《じじょ》だった右近《うこん》と出会うのです。光源氏の六条院夏の町の西の対に引き取られ、さまざまな殿方の求愛を受けます。内大臣になった実父と対面し、尚侍《ないしのかみ》として冷泉《れいぜい》帝への入内《じゅだい》が決まります。そこへ鬚黒《ひげくろ》大将が突如として、奪い取るようにして結婚、北の方が出て行ったあと鬚黒大臣邸に移ります。多くの子供に恵まれ、夫の死後は息子たちの出世に気を揉むのです。

この波乱に富んだ玉鬘に当てられた「心」表現は、「心もとなし」「心づかい」「心憂し」「はかなき心地」などです。

（十五） 雲居雁《くもいのかり》

頭中将《とうのちゅうじょう》の娘で、母が再婚したため、光源氏の息子の夕霧《ゆうぎり》とともに祖母の大宮《おおみや》の邸で養育されます。お互い恋心を抱いていると聞いた父内大臣によって、無惨にも引き離されます。また六位の身である夕霧を内大臣が見くびったからです。しかし夕霧の昇進とともに内大臣も譲歩して、結婚を認めます。やがて子沢山になり、甲斐甲斐しい世話女房ぶりを発揮します。そんな点が物足りなくなった夕霧が、故柏木《かしわぎ》の正妻である落葉《おちば》の宮《みや》に惹かれ出すと、雲居雁は腹を立てて実家に戻るのです。落葉の宮とも結ばれた夕霧は、双方に月に十五日ずつ実直に通い続けます。

そんな雲居雁に当てられた「心」表現は、「ろうたき心」「心うつくしい」「何心もなく」「心やすく」「心やまし」「心憂し」「心づきなし」と多様です。

（十六） 落葉《おちば》の宮《みや》

朱雀院《すざくいん》の女二の宮です。母は一条御息所という低い身分のため、降嫁して結婚した柏木《かしわぎ》からは「落葉」を拾ったと軽んじられます。柏木の死後、その遺言によって夕霧《ゆうぎり》が切々と恋情を訴えますが拒み続けます。母御息所の死後、夕霧が迫った折も塗籠《ぬりごめ》に隠れるものの、ついに許して契りを交わすのです。子供はなく、夕霧と藤典侍《とうないしのすけ》の間に生まれた六の君を養女にして、匂宮《におうみや》を婿に迎えます。

この落葉の宮に当てられた「心」表現も多く、「あえかなる心地」「やわらかなる心地」「心にかなわず」「心もとなし」「心清し」「心憂し」などです。

（十七）　女三《おんなさん》の宮《みや》

朱雀院《すざくいん》の第三皇女であり、母は桐壺帝《きりつぼてい》の皇女なので、決して劣り腹ではありません。出家を前にした朱雀院はこの女三の宮の将来を心配して、准太上天皇《だいじょうてんのう》になった光源氏への降嫁を要請します。光源氏が迷った挙句承引したのは、女三の宮が藤壺中宮《ふじつぼのちゅうぐう》の姪に当たるからでした。女三の宮が光源氏の正妻になったため、それまで実質上は正妻とみなされていた紫《むらさき》の上《うえ》は、東の対に押しやられます。

この女三の宮に懸想《けそう》したのが柏木《かしわぎ》であり、危篤の紫の上を光源氏が二条院に見舞った際に、小侍従《こじじゅう》の手引きで近づき、密会するのです。懐妊したあと、この秘密は、柏木の懸想《けそう》文を発見した光源氏が知るところとなります。自責の念の心労の余り柏木が死んだあと、生まれたのが薫《かおる》です。女三の宮は出家を願い、父の朱雀院によって得度します。光源氏の死後は三条宮に移り、仏道に専心、薫と今上帝《きんじょうてい》（明石中宮の第一皇子）の女二の宮との結婚を嬉しく思うのです。

こうして光源氏の晩年に大きな変化をもたらした女三の宮に当てられた「心」表現は、「何心もなく」「心幼し」「心もとなし」「片なりなる心」「心やすし」などです。

（十八）　真木柱《まきばしら》

鬚黒《ひげくろ》大将の長女で、父が玉鬘《たまかずら》に情を移したため、怒った北の方は、実家の式部卿宮《しきぶきょうのみや》邸に真木柱と弟二人を連れて帰ります。その折、泣きながら真木柱の割れ目に、歌を書きつけた紙を押し込みます。
「今はとて宿離《か》れぬとも馴れきつる　真木の柱は我を忘るな」（今を限りにこの家を去るけれども、馴れ親しんだ真木柱のお前はわたしを忘れないでおくれ）。その後、真木柱は祖父宮の許で育ち、北の方を亡くしていた螢兵部卿宮《ほたるひょうぶきょうのみや》と結婚します。螢宮の死後は、故柏木の弟である紅梅《こうばい》大納言の後妻に入ります。先妻の子に大君《おおいぎみ》と中《なか》の君《きみ》がいて、紅梅大納言との間に男児ができ、故螢宮との間にも姫君ができています。真木柱はこれら四人の子の面倒をしっかりと見るのです。大君が東宮《とうぐう》に入内《じゅだい》する際は、母代わりとして付き添います。

目立たない所で苦労した真木柱に当てられた「心」表現は、不思議にもめぼしいものがありません。

（十九）明石《あかし》の中宮《ちゅうぐう》

母は明石の君《きみ》で、光源氏が明石にいたときに母が懐妊、光源氏が帰京したあとに生まれます。光源氏の誘いで、母と祖母とともに、まず大堰《おおい》に移住します。直接京に入るのを避けたのです。ついで二条院に引き取られ、六条院に移ってからも、紫《むらさき》の上《うえ》が養育します。冷泉《れいぜい》帝の東宮《とうぐう》に入内《じゅだい》し、若宮を出産、東宮が今上《きんじょう》帝になると、若宮が東宮になります。病床の紫の上を看護し、光源氏の死後は、第三皇子である匂宮《におうみや》の成長には特に気づかいを見せます。物語の結末で、浮舟《うきふね》の生存を薫に伝えるのも明石の中宮です。

この明石の中宮に当てられた「心」表現は、「心にくし」「心やすく」「若き心地」「心驕り」「心苦し」

などです。

（二〇）秋好中宮《あきこのむちゅうぐう》

母は六条御息所《ろくじょうのみやすどころ》、父は前東宮《とうぐう》です。父宮の没後は、光源氏が時折通う六条御息所に育てられ、朱雀《すざく》帝践祚《せんそ》とともに斎宮《さいぐう》に卜定《ぼくじょう》されます。母とともに伊勢《いせ》へ下向、朱雀帝譲位によって斎宮を退下して、上京します。六条御息所が没すると、藤壺中宮《ふじつぼのちゅうぐう》の意向で、年下の冷泉《れいぜい》帝に入内《じゅだい》します。里邸は、光源氏が造営した六条院の秋の町で、春の町に住む紫《むらさき》の上《うえ》とも親しく交わります。明石《あかし》の姫君の後見役になり、冷泉院譲位後、紫の上についで光源氏が亡くなると、薫《かおる》も後見するのです。こうした光源氏の厚遇に対して、六条御息所の死霊も感謝し、秋好中宮も母の追善供養を営みます。

朱雀院や光源氏から向けられる恋情を、上手に回避して、高貴な生き方を貫く秋好中宮に当てられた「心」表現は、「深き心ざし」です。

（二十一）源典侍《げんのないしのすけ》

典侍という女官は、尚侍《ないしのかみ》に代わって内侍所を統括し、何代もの帝に近侍しながら神事や祭儀に奉仕する高級女官です。出自も宮家や名門の家系であり、故実や儀礼に通暁し、和歌や音楽にも造詣が深いのが通例です。五十四帖のうち、「紅葉賀《もみじのが》」「葵《あおい》」「朝顔《あさがお》」の三帖にしか登場しないこの源典侍も、そうした高貴な、かつ教養溢れる女官でしょう。しかしもう六十歳近い老齢にもかかわらず、好色心は衰えません。光源氏との逢瀬を頭中将《とうのちゅうじょう》に見つけられ、賀茂祭では、紫《むらさき》の上《うえ》と同車する光源氏に歌を詠みかけます。尼となったあとは女五の宮邸に住み、斎院を辞した朝顔《あさがお》の姫君を訪れた光源氏に、性懲りもなく、色めいた歌を贈るのです。

こうした源典侍に当てられた「心」表現は、「心ときめき」です。

(二十二) 近江《おうみ》の君《きみ》

頭中将《とうのちゅうじょう》が内大臣《ないだいじん》になるまでに、近江守の娘と通じて生まれた娘です。近江国で育てられ、柏木《かしわぎ》が捜し出して、内大臣家に迎え入れられます。可愛らしい面もあるものの、早口で双六《すごろく》好きであり、和歌のたしなみもありません。苦慮した内大臣は、養育のし直しを娘の弘徽殿女御《こきでんのにょうご》に託しますが、そこでも人々の嘲笑を買います。夕顔《ゆうがお》と頭中将の間にできた玉鬘《たまかずら》が尚侍《ないしのかみ》になったのを知り、自分も尚侍を望んで、周囲をあきれさせます。夕霧《ゆうぎり》に奇妙な懸想《けそう》の歌を詠みかけたり、双六の賽《さい》を振るときに、幸い人の「明石の尼君」の名を唱えるのです。

こんな近江の君に当てられた「心」表現は、「孝養の心深し」ではあっても、「さまよう心」です。

(二十三) 大君《おおいぎみ》

父は光源氏の異母弟の八の宮で、大臣の娘である母は、妹の中の君を出産後に他界します。京の邸が焼失してからは、父、妹と共に宇治の山荘に住み、父宮に愛育されます。信心深い八の宮の許に、道心のある薫《かおる》が通うようになり、ある日、妹が琵琶、大君が箏《そう》を弾いて合奏しているところを、薫に垣間見られます。八の宮は、自分の亡きあとの後見を薫に依頼します。八の宮は姉妹に訓戒を残して、山寺に参籠《さんろう》し、そこで死去します。薫は大君に恋情を訴えますが、父の遺訓を守って大君はどこまでも拒み続けます。自分の代わりに、中の君を薫と結婚させようと思うのです。一方の薫は、匂宮《におうみや》を手引きして、中の君と逢わせます。その後、匂宮の別の縁談の話を聞いて大君は絶望し、薫に中の君の将来を託して死に絶えます。灯火の下で、薫は初めてその顔を目にするのです。

こういう宮家の誇りを具現する大君に当てられた「心」表現は、「心隔《へだ》て」「心の隈《くま》」「心にくし」「心憂し」「心強《こわ》し」「うちゆるぶ心」「心あやまり」「心づきなし」「くらす心」「このかみ心」と多彩です。

(二十四) 中《なか》の君《きみ》

八の宮の次女で、大君《おおいぎみ》と同腹の妹です。薫《かおる》に導かれた匂宮《におうみや》と結ばれ、二条院に迎えられます。そこで男子を出産後、異母妹の浮舟《うきふね》を二条院に預かります。それを匂宮が目にして、匂宮の浮舟への執着が始まるのです。

大君の死去に対する悲嘆、匂宮と六の君との結婚への苦悩、薫による思慕への戸惑い、匂宮と浮舟の関係など、さまざまな苦しみをかかえながらも、将来の東宮《とうぐう》ともなるべき匂宮の第一子を産みます。この子が将来、帝になれば国母《こくも》という存在になり、亡き父八の宮の夢は実現します。

この中の君に当てられた「心」表現は、「何心もなし」「されたる心」「心尽くし」「心寄せ」「心憂し」

「心深し」「心のどか」と、さまざまです。

(二十五) 浮舟《うきふね》

大君、中の君の異母妹で、父は八の宮、母は八の宮付きの女房《にょうぼう》だった中将の君です。八の宮がまだ京にいたときに生まれ、常陸介《ひたちのすけ》の後妻となった母と共に、常陸に下ります。継父の任が果てて上京後、中の君を訪ねます。母が望んだ左近少将との結婚は、浮舟が継子だという理由で破談になります。中の君の許に預けられた折、匂宮《におうみや》から垣間見られ、興味を持たれます。匂宮の接近を懸念した母の中将の君から、三条の小家に移され、さらに薫《かおる》が宇治に移転させ、交情を持ちます。そこへ、浮舟を忘れられない匂宮が、その居所を知って宇治に赴き、薫を装って、浮舟の寝所《しんじょ》に忍び込み、契りを結ぶのです。浮舟は薫と匂宮の二人の間で、身の処置を苦しみ迷います。投身を決意して失踪します。遺骸のないまま葬儀が行われ、四十九日の法要も営まれます。

しかし浮舟は横川《よかわ》の僧都《そうず》によって救われ、小野《おの》に連れていかれ、僧都の妹尼に預けられます。妹尼は亡き娘の身代わりだと思って可愛がるのですが、浮舟は素姓を明かさず、出家を望むばかりです。僧都も根負けして出家させます。浮舟の生存を知った薫は、浮舟の異父弟の小君《こぎみ》を使いにやります。しかし浮舟は対面を拒み、薫からの文にも返事はしないまま泣き沈むのです。

そんな浮舟に当てられた「心」表現は、「心細し」「夢の心地」「若き心地」「浮きたる心地」「けしからぬ心」「心行つぶれ」「心浅く」「心惑い」「心弱さ」「飽きにたる心地」「なおわろの心」「乱り心地」

「心強し」と、数多くあります。

源氏物語は、これら女君の生き方や人生観の違いを、身の処し方とともに、「心」表現の差違で、見事に描き分けているのです。紫式部の底力には驚嘆するばかりです。

第八章　光源氏の恋挑みと心

前の章で、源氏物語に登場する、二十五人の女君《おんなぎみ》たちの性格と心に触れました。私は源氏物語の真の主人公は、それらの女君だと思っています。しかし表向き、源氏物語の主人公は光源氏だとされています。ここで光源氏に触れないのは、不備ではないかと非難されそうです。

全篇を俯瞰《ふかん》すると、光源氏の行動はひと言で言えば恋挑みです。女君がいれば放っておけず、たとえ恋敵がいようと恋してしまいます。もちろんそこには横恋慕《よこれんぼ》も含まれますし、片恋《かたこい》もあります。紫式部は、それらの恋挑みの過程で生じる複雑な状況にこそ、興味があったのかもしれません。女君たちを描き分けるのには、絶妙な状況だからです。

人と人がからみあった状況下では、登場する人物たちの性格や行動がより鮮明化します。紫式部はそこにこそ、物語を生み出す力があると直感して筆を進めたのでしょう。その際多彩な「心」表現が必要になるのは当然です。本章ではそこに、どのような「心」表現がちりばめられているのかを検討します。

以下の第八章と第九章では、これまでとは趣向を変えて、形容詞を頭に置く「心」表現のみを取り上げます。

（一）　光源氏と藤壺宮《ふじつぼのみや》、桐壺帝《きりつぼ》

物語冒頭の一帖「桐壺」で光源氏はこともあろうに、我が父である桐壺帝の後妻、藤壺宮に恋挑みをするのです。桐壺帝がそれを知っていたか否かは、紫式部は省筆したままです。

・物心《ものごころ》

光源氏は三歳で袴着《はかまぎ》の儀式をします。その後の美しく成長していく姿は、「ものの心」を知っている人にとって、こんな非の打ち所のない人間がこの世に生まれてくるものだと感嘆します。『香子』ではここを「物の道理がわかっている」と訳しています。

この「物心」は、源氏物語では三十一回も使われ、「道理を解する」「情趣をわきまえている」の意味になります。逆に「物心」を知らない人は「下衆」とされます。

・静心なし

光源氏の出産後に死去した更衣《こうい》を慕う桐壺帝は、里方にいる幼子を内裏《だいり》に引き取るつもりで、靫負《ゆげいの》命婦《みょうぶ》を使者に立てます。しかし更衣の母は苦悩し、娘の死後、この幼子の行末が「静心なき」と歌に詠んで返事をします。これを『香子』では「懸念」と訳しています。

実はこの「静心なし」は全篇で十八回も使われ、気がかり、不安で心が安まらない、落ち着きのない、安まる思いもなく、気が気でない、心は静まらない、心穏やかでない、そわそわしている、などと訳されます。

こうしてみると、「静心なし」が「心細し」や「心憂し」に次ぐ、重要な役目を負っているのに気がつきます。

「心細い」や「心憂し」は「もののあわれ」の底流を成す重要な「心」表現でした。一方の「静心なし」は、登場人物が何か行動を起こす動機になる「心」表現になっています。登場人物たちは、「静心なし」の状態に留まっていることができません。その宙ぶらりんの不安定さから抜け出すために、行動に移る必要があるのです。紫式部にとって、「静心なし」は有用で手放せない「心」表現でした。

・心ひとつにかかりて

光源氏の亡き母は琴《こと》の名手でした。桐壺帝直伝で、技芸を修得した光源氏も琴や笛をよくしていました。そして継母のように入内《じゅだい》した藤壺宮も、琴をよく掻き鳴らしたはずです。こうして光源氏は笛を吹いたり、琴を弾いたりして、御簾《みす》の奥の藤壺宮の琴に音を合わせ、心を通わせていたのです。これが、「桐壺」にある、「幼きほどの心ひとつにかかりて」、苦しいまでに思慕する光源氏の姿でした。

ここを『香子』では、「琴や笛の音《ね》に自分の心の内を交え、かすかに聞こえてくる藤壺宮の声のみを慰めとして」と訳しています。

(二) 光源氏と空蟬《うつせみ》、夫の伊予介《いよのすけ》

・されたる心

三帖「空蟬」で、光源氏は再度空蟬の許に通おうとして逃げられ、同じ寝所《しんじょ》にいた軒端荻《のきばのおぎ》と契ってしまいます。しかしそのあと便りがないので、空蟬の弟の小君《こぎみ》が近くを通るとき、文が届いたかと思うのですが、違います。それでも「されたる心」で、しみじみと光源氏との一夜を思い起こすのです。ここを『香子』では単に「好き心」と訳しています。

『鑑賞』によると、「さる」という語は自然や建物、人物が風流で洒落ている様子をいうようです。そこから『鑑賞』は「あだめいた心」と訳していますが、現代文ではしっくりせず、私は「好き心」にしました。

・無心《むじん》

六回使われている「無心」が、最初に登場するのは二帖「帚木《ははきぎ》」です。思いもかけず光源氏と契った空蝉は、再度光源氏が訪れても、拒絶し続けて、光源氏から「無心」な女だと思われたままでいようと決心します。ここを『香子』では「思慮の浅い」と訳しています。『鑑賞』によると、「木石のように心や感覚をもっていないこと、思いやりがなく、風流を解さないさま」が、この「無心」です。

・生《なま》心なし

空蝉から逃げられて、居残っていた軒端荻と契ったあと、この女の「なま心なく」若々しい感じも悪くない、と光源氏は思います。ここを『香子』では「無邪気」と訳しています。

・好き心

この語も十二回使われ、浮き心、女好き、女に関心がある、などと訳されています。『鑑賞』によれば、物事に深くのめり込んでいく心を指し、好色心や風流心を表すことが多いといいます。この「好き色」は十六帖「関屋《せきや》」に使われています。

常陸《ひたち》での任期を終えた夫の伊予介《いよのすけ》とともに、空蝉は帰京します。光源氏が須磨《すま》に謫居《たつきよ》していたのは、空蝉も耳にしていました。この二人のそれぞれの一行が出会ったのは、光源氏の石山《いしやま》寺参詣の途中でした。光源氏は、今もあなたへの思いは変わりません、あなたの夫が羨ましいと文を送ります。すると空蝉の返事は、再会で心の嘆きが増していますが、あの夜のことは夢のようでした、という文面でした。

京に着くと、伊予介は老いの病床につき、子供たちに空蟬の世話を頼んで亡くなります。すると、以前から空蟬に対して、「好き心」のあった息子の河内守が言い寄ってきました。ここを『香子』ではそのまま「好き心」と訳しています。

困り果てた空蟬は、誰にも相談せずに出家してしまいます。

・つれなき心

これは四帖「夕顔《ゆうがお》」に使われています。空蟬を忘れられない光源氏の許に、空蟬の夫の伊予介が常陸への下向の挨拶に来ます。空蟬がこの男の妻だったのだと思うと、空蟬の「つれなき心」は憎いものの、伊予介が気の毒になります。ここを『香子』では「冷やかな心」と訳しています。

（三）　光源氏と夕顔《ゆうがお》、頭中将《とうのちゅうじょう》

光源氏と頭中将は、何につけ対抗意識を持っています。光源氏が夕顔にことさら執着したのも、夕顔がかつて頭中将の通い人だった面もあります。

・あやしの心

四帖「夕顔」にこの「あやしの心」が出てきます。光源氏は夕顔を廃院に連れ出しますが、そこの異様な雰囲気を夕顔は恐がります。一方の光源氏は、宮中では桐壺《きりつぼ》帝が心配して捜索させているはずなのに、自分は何たる「あやしの心」かと反省します。ここを『香子』では「妙な心」と訳しています。

(四) 光源氏と源典侍《げんのないしのすけ》、頭中将《とうのちゅうじょう》

・好み心

桐壺《きりつぼ》帝に仕《つか》える女房《にょうぼう》の中に、家柄もよく才気もあって上品でありつつも、好色な源典侍という老女がいました。十九歳の光源氏はこの源典侍に興味を抱いて、戯れに歌を贈ります。源典侍は本気になり、慌てたのは光源氏です。逃げようとして取りつかれたのを、桐壺帝が垣間見て、光源氏は女に無関心というが、やっぱりそうではないのだ、しかし不釣合なと苦笑します。これを聞いた頭中将は、対抗意識から、源典侍の「好み心」も見届けたくなり、深い仲になってしまうのです。ここを『香子』では「浮気心」と訳しています。

・うすき心

光源氏は源典侍に誘惑されて、ある夜逢瀬を持ちます。これを目撃したのが、日頃源典侍と情を通じていた頭中将です。現場から隠れようとする光源氏を、頭中将が他人を装って太刀《たち》を振りかざします。それを源典侍が制止します。だらしない格好の光源氏は、相手が頭中将だと察して、その直衣《のうし》を剝ぎ取ろうとするのです。二人とも情けない姿になり、源典侍はおろおろするばかりです。

そこで頭中将は「ほころんだ二人の衣のように、あなたの浮き名も漏れ出てしまいますよ」と詠みかけます。光源氏は、浮き名は漏れるものと知りながら、薄い夏衣を着てやって来たあなたは「うすき心」です、と返歌します。ここを『香子』では「薄情」と訳しています。

（五）光源氏と朧月夜《おぼろづきよ》、朱雀帝《すざく》

光源氏と契った朧月夜は、実は朱雀帝に入内《じゅだい》予定だったのです。尚侍《ないしのかみ》になったあとも、光源氏とは情事を重ねます。朱雀帝はそれを容認します。

・我かの心地

「われかの心地」は十帖「賢木《さかき》」に一度だけ使われています。朧月夜が瘧病《わらわやみ》を得て、内裏《だいり》から里居のために右大臣邸に退出して来ます。光源氏はこれを幸いに、そこに夜毎通って情を交わします。二人が几《き》帳《ちょう》の中にいる現場を右大臣に見つかり、朧月夜は「われかの心地」で死にそうに思うのです。『香子』ではここを「正気も失せる気がして」と訳しています。

・いとどしき心

これも同じく「賢木」で使われ、光源氏が朧月夜と密会しているのを目撃した右大臣は、朧月夜の姉の弘徽殿大后《こきでんのおおきさき》に報告します。日頃から光源氏を敵視している大后は、元来「いとどしき心」なので、立腹し、これが光源氏の須磨《すま》流しのきっかけになるのです。これを『香子』では「気性が激しい」と訳しています。

・あるまじき心

朱雀院が出家したあと、女御《にょうご》や更衣《こうい》たちはそれぞれ里に帰って行きます。尚侍の朧月夜も、故弘徽殿大后がいた二条宮に住み、仏事の準備を急ぎます。そこにまだ未練を持つ光源氏が訪れるのです。しかし世間体を考えた朧月夜は泣く泣く対面を拒否します。光源氏は几帳越しでもいいのでどうか、昔の「あるまじき心」はもうないのです、と説得します。『香子』ではここを「無謀な心」と訳しています。

ところが光源氏は激情にかられ、朧月夜もつい心を許してしまい逢瀬を持ってしまうのです。

（六）　光源氏と玉鬘《たまかずら》、螢兵部卿宮《ほたるひょうぶきょうのみや》、鬚黒《ひげくろ》大将

・淡《あわ》つけき心

六条院を完成させた光源氏は、初めての春に、そこに住まわせている女君たちを次々と訪問します。まずは春の町にいる紫《むらさき》の上《うえ》と明石《あかし》の姫君、ついで夏の町の花散里《はなちるさと》と玉鬘を訪ねます。六条院に来て三カ月になる玉鬘に対して、光源氏は春の町で明石の姫君が琴《きん》の琴《こと》を習っているので、聴くといいですよと勧めます。この辺には、「あわつけき心」を持っている人などいないので安心だから、と付言します。ここを『香子』では「軽々しい人」と訳しています。これは二十三帖「初音《はつね》」の冒頭です。

・ひたぶる心

これは二十四帖「胡蝶《こちょう》」に出てきます。玉鬘の許には、ひっきりなしに男からの懸想文《けそうぶみ》が届きます。そんな魅力たっぷりの玉鬘に、光源氏は自らの思慕を告白し、「ひたぶる心」から接近するのです。玉鬘は困惑するばかりです。ここを『香子』では「心が高ぶり」と訳しています。

・あながちなる心

これも前述した「胡蝶」のすぐあとに使われています。玉鬘が戸惑い、当惑した様子を見た光源氏は、これ以上「あながちなる心」はもう見せまい、と誓います。ここを『香子』では「無粋な」としています。

・うたて心

これも「胡蝶」の末尾に出てきます。それでも恋心を抑えきれずに添い寝した光源氏は、翌朝玉鬘に慰めの歌を贈ります。しかし玉鬘は返事をする気になれません。そんな玉鬘に、光源氏は「うたて心」から口説き甲斐があると思うのです。ここを『香子』では、「にんまりとして」「いよいよ乗り気になる」と、二段構えで訳語を当てています。

・乱り心地

この「乱り心地」は全篇で二十回も使われ、紫式部にとっては重要な「心」表現でした。そのひとつが二十五帖「蛍《ほたる》」に出てきます。蛍兵部卿宮《ほたるひょうぶきょうのみや》から恋文を貰った玉鬘に対して、光源氏はきちんと返事をするように諭します。しかし玉鬘は「乱り心地」を理由に、返事を出しません。ここを『香子』では「気分が悪い」としています。

・思う心

これも「螢」で使われています。螢兵部卿宮が玉鬘に、落ち着き払って「思う心」のほどを訴えるのを、光源氏は感心しながら聞いています。ちょうど光源氏が几帳《きちょう》の中に螢を放す直前です。ここを『香子』では「自分の思い」としています。

・好ましき心

これも「螢」に出てきます。玉鬘に惚れ込んだ螢兵部卿宮は、五月の節句に菖蒲の根と文を贈ります。光源氏や女房たちからも勧められ、玉鬘は返歌をします。しかし筆つきも薄く、能筆ではないため、螢宮は「好ましき心」だけに少々物足りません。ここを『香子』では「風流好み」と訳しています。

・片心付く

これは全篇で二回使われ、一度は「螢」で光源氏が玉鬘に物語について語る場面に出てきます。物語が作り物と分かっていても、可憐な姫君が感動して、物思いに沈んでいるのを見ると、「片心（かたごころ）つく」と言うのです。ここを『香子』では「多少なりとも心惹かれる」と訳しています。『鑑賞』によれば、「心つく」が「心惹かれる」の意味なので、「片心」となると「不完全ながら」の意が加わるといいます。

・密心《みそかごころ》

これは唯一、同じ「螢」で使われています。光源氏が玉鬘にひとしきり物語論をぶったあと、紫の上の許にも行きます。そこで明石の姫君に読んで聞かせる物語について、「みそか心」に火をつける物語はよくないと諫《いさ》めます。ここを『香子』では「隠れた恋心」と訳しています。

・生憎心《あやにくごころ》

「あやにく心」も唯一、二十九帖「行幸《みゆき》」に使われています。光源氏は夕顔《ゆうがお》の遺児の玉鬘を、六条院に預かっている旨を、内大臣《ないだいじん》の母大宮《おおみや》に伝えます。しかし、実父の内大臣には口外しないように頼むのです。大宮の手紙で、内大臣は母の住む三条院に参上します。そこに光源氏もいるので、夕霧《ゆうぎり》と雲居雁《くもいのかり》のことだろうか、許してもいいが、そう簡単に譲歩してもよくないと、「あやにく心」を丸出しします。ここを『香子』では「一筋縄ではいかない性質」と訳しています。

・僻心《ひがごころ》

全篇で三回使われている「ひが心」は、やはり「行幸」に一度出てきます。光源氏は夕霧と雲居雁の一件が宙ぶらりんになっているのを棚上げし、玉鬘の一件を打ち明けます。こうして二人は昔の友情を取り戻すのです。機嫌のよい二人を見た供人《ともびと》たちは、内大臣が光源氏から太政大臣《だいじょうだいじん》の位を譲られたのかもしれないと、「ひが心」になってしまうのです。ここを『香子』では「勝手に誤解し」と訳しています。

・痴々《しれじれ》しき心地

内大臣が腰結《こしゆい》の役を承知したので、光源氏は玉鬘の裳着《もぎ》の準備に取りかかります。これで夕霧は、玉鬘が自分の姉ではないと分かり、「しれじれしき心地」がします。ここを『香子』では「自分の無知を恥じる」と訳しています。

・疎々《うとうと》しき心地

これが出てくるのは三十帖「藤袴《ふじばかま》」です。玉鬘の冷泉院《れいぜいいん》への出仕が決まり、柏木《かしわぎ》は父内大臣の使者として六条院を訪れます。玉鬘とは姉弟の関係なのに、人を介しての対面なので、柏木は不満顔で非難します。これに対して玉鬘は、「うとうとしき心地」がしますと応じます。ここを『香子』では「却って肉親らしくない感じがします」と訳しています。

・現心《うつしごころ》

この「心」表現は全篇で十八回使われ、そのうちの四回は三十一帖「真木柱《まきばしら》」に出てきます。光源氏の知らぬ間に、鬚黒《ひげくろ》大将は玉鬘を奪うようにしてわがものにします。その北の方は物《もの》の怪《け》に悩まされ、「うつし心」がない折がしばしばです。それでも北の方が「うつし心」であるときもあり、鬚黒大将の辛い仕打ちに涙するのです。

香炉《こうろ》の灰を北の方からぶちまけられた鬚黒大将は、妻が「うつし心」からこんな行為に及んだのなら、さっさとけりをつけるのですが、物の怪の仕業だと思うと、その決心が鈍ります。そして北の方に憑いた物の怪を追い払うため、加持祈禱をして、北の方が「うつし心」になるように必死になります。

これらの「うつし心」を『香子』ではすべて「正気」としています。

・際々《きわぎわ》しき心

これも「真木柱」に出てきます。北の方が式部卿宮《しきぶきょうのみや》邸に引き取られたと聞いた鬚黒大将は驚きます。北の方本人は「際々しき心」はないので、式部卿宮の軽はずみな指図だろうと思うのです。ここを『香子』では「軽率な差し金」と訳しています。

・無礼《なめ》く心

「真木柱」にはこの「心」表現もあります。子供と一緒に北の方が式部卿宮邸に帰ったので、鬚黒大将は息子たちだけを自邸に連れ戻します。これを知った玉鬘が心配するのは当然です。尚侍《ないしのかみ》としての玉鬘の参内《さんだい》が遅れているので、帝も自分に「なめく心」があるように思っておられるはずだと、鬚黒大将は心穏やかではありません。ここを『香子』では「お恨みのようだ」と訳しています。

・なおなおしき心地

これも「真木柱」に使われています。尚侍として出仕した玉鬘は、帝が自分に執心があるのを感じて、内裏《だいり》から鬚黒大臣邸に退出します。そんな心中を理解せずに、鬚黒大将がひどく嫉妬する態度に、「なおなおしき心地」を感じて、つき放すのです。これを『香子』では「つまらぬ男に見え」と訳しています。

・あまりなる心

これも「真木柱」に使われています。玉鬘がいなくなった六条院では、光源氏が残念がっています。自分が「あまりなる心」だったので、この結果を招いたと反省もします。ここを『香子』では「のんびり構えていたから」と訳しています。

（七）光源氏の朝顔《あさがお》の姫君への片恋

・人わろき心地

光源氏は前斎院《さきのさいいん》で、桃園式部卿宮《ももぞのしきぶきょうのみや》の娘である朝顔の姫君に恋心を抱きます。歌を贈ったものの、返歌は冷ややかなものでした。それでも懲りずに、手紙を送り、冷たい対応に「人わろき心地」がしました、と不平を言うのです。ここを『香子』では「体裁が悪い思い」としています。

・軽々しき心

光源氏の求愛に対して、六条御息所《ろくじょうのみやすどころ》の不幸を知っている朝顔の姫君は全く靡《なび》きません。勤行に身を入れつつ、自分の「軽々しい心」も光源氏が知っているはずなので、差し障りのない程度で接しようと決心します。ここを『香子』では「こちらの軽々しい心の内」と訳しています。

第九章　文化・風俗の中の心

紫式部の凄さは、物語に、当時の貴族の文化や風習をふんだんに盛り込んでいることです。その豊かな環境と雰囲気の中で、登場人物たちは縦横に動き回り、その心を表していきます。単なる筋書きを追うだけの物語とは違って、人の心が万華鏡《まんげきょう》のように展開されるのです。それを逐一検証しましょう。

（一）碁と双六《すごろく》

碁は当時の平安貴族のたしなみでもあり、菅原道真《すがわらのみちざね》も『菅家《かんけ》文草』の五言律詩「囲碁」の第一句に、「手をもて談《かた》らう　幽静の處《ところ》」と書いています。つまり、囲碁は手談であり、手で対話することだと解していました。言い得て妙です。また十七帖「絵合《えあわせ》」の中で、螢兵部卿宮《ほたるひょうぶきょうのみや》は「筆とる道と碁打つことぞ、あやしうたましひのほど見ゆる」と発言しています。碁を打つ手に魂が透けて見えるのでしょう。

源氏物語には、碁の場面が四回描かれています。まず三帖「空蟬《うつせみ》」で、空蟬と軒端荻《のきばのおぎ》が碁を打っているのを光源氏が垣間見ます。次に四十四帖「竹河《たけかわ》」では、玉鬘《たまかずら》の大君《おおいぎみ》と中の君が、庭の桜を賜物として碁を打っています。これも蔵人少将《くろうどのしょうしょう》が垣間見します。

・あやにくなる心

この蔵人少将は夕霧《ゆうぎり》と雲居雁《くもいのかり》の息子であり、この垣間見こそが、大君に対する懸想《けそう》と執着のきっかけになったのです。それが「あやにくなる心」であり、『香子』では「思慕が燃え上がった」という現代文にしています。

・生心《なまごころ》

この奇妙な「心」表現は全篇で七回使われています。「なま心ゆかず」はやはり「竹河《たけかわ》」に出てきます。玉鬘は長女の大君を冷泉院《れいぜい》に参院させ、女宮が生まれます。次女の中の君は、今上帝《きんじょう》の尚侍《ないしのかみ》として出仕させます。自らの尚侍を譲ったのです。しかし今上帝《きんじょう》は、本当は美しいと評判の高い大君が欲しかったので、「なま心ゆかぬ」気がします。ここを『香子』では「釈然としなかった」と訳しています。

「なま心わろし」はそのあとに出てきます。大君が今度は男宮を出産し、いよいよ周囲のやっかみがひどくなります。玉鬘も悩みます。というのも大君に求婚していた薫《かおる》は源侍従から宰相中将になり、蔵人少将も三位中将に昇進しています。この中将たちと結ばれていたほうが気楽だったのに、と「なま心わろき」女房《にょうぼう》は言うのです。これを『香子』では「多少意地の悪い」としています。

三番目に出てくる碁の場面は四十九帖「宿木《やどりぎ》」です。薫との囲碁で薫に負けた今上帝は、自分の娘の女二の宮を薫に降嫁させる意向を固めます。

・花心

この「心」表現は唯一四十九帖「宿木」に出てきます。中の君と契った匂宮《におうみや》が、その後夕霧の娘の六の君と婚約したので、薫中納言は中の君に同情します。「花心」の匂宮だからどうしようもないと思うのです。ここを『香子』では「浮気な」と訳しています。

四番目の囲碁の場面は、五十三帖「手習《てならい》」に出ています。妹尼たちが初瀬《はつせ》参りに出立したので、居残った少将尼が浮舟《うきふね》を碁に誘います。浮舟が碁は下手だと言うので、少将尼は先手を譲ります。しかしあっという間に少将尼が負け、今度は先手になりますが、また負けてしまいます。少将尼によると妹尼は碁が上手で、兄の僧都《そうず》も自分を碁聖《きせい》だと吹聴していましたが、妹尼との三番勝負で二敗していました。浮舟はその碁聖よりは強いと、少将尼は言うのです。浮舟は却って厄介なことになったと思い、気分悪そうにして再び殻に閉じこもります。無言の浮舟が手談である碁に長じているというのは、実に巧妙な設定です。

・はじめの心

これは五十一帖「浮舟《うきふね》」の冒頭近くに出てきます。中の君の許にいた浮舟が可愛いので、匂宮《におうみや》は一体誰だろうかと首をかしげます。そのあと薫《かおる》は浮舟を宇治に据え置きますが、ここで京に連れて来るのも世間に非難されそうで、「はじめの心」に従おうと決めます。ここを『香子』では「当初の心」と訳しています。

・むつかしき心

これも「浮舟」にあります。匂宮は薫《かおる》が宇治に隠している女のことを、近習《きんじゅ》の大内記《だいないき》から聞いて興味を持ちます。大内記の案内で宇治に行き、邸内の簀子《すのこ》から中を覗くと、女房たちが縫物をし、女童《めのわらわ》は糸を縒っています。浮舟は腕を枕にして灯火を眺めています。どうやら旅の準備で、乳母《めのと》が浮舟に石山寺《いしやま》詣を勧めています。女房のひとりが、年寄りはどうしてこうも「むつかしき心」なのだろうと文句を言っています。ここを『香子』では「面倒な事を考えやすい」という現代文にしています。

・らうらうしき心

これも出てくるのは「浮舟」です。匂宮は薫のふりをして、浮舟の寝所《しんじょ》に入ろうとします。浮舟に近侍している女房の右近《うこん》に、道中ひどい目に遭って見苦しい姿になっているので、灯を暗くせよと命じます。さらに私の姿を人目にさらすな、他の女房も起こすなと、「らうらうしき心」で言うのです。ここを『香子』では「巧みに」としています。

・契る心

これも「浮舟」で使われています。浮舟を小舟で連れ出した匂宮は、有明の月の下で詠歌します。〝年経《としふ》とも変わらんものか橘の　小島の崎に契る心は〟。これを『香子』では「約束した私の心は、あの橘のように変わりません」という現代文にしています。

一方、中国伝来の双六《すごろく》は一種の博奕《ばくち》であり、双六禁断令は早くも持統《じとう》天皇三年（六八九）に発布されています（日本書紀）。次に出されたのは奈良の大仏完成の二年後で、孝謙《こうけん》天皇の天平勝宝《てんぴょうしょうほう》六年（七五四）です。双六に興じると悪の道に迷い込み、家業を失い、孝道に欠けると明記しています（続日本紀）。紫式部が仕えた彰子《しょうし》は一条天皇の中宮です。この一条天皇も長徳《ちょうとく》四年（九九八）に博奕禁止令を出しています。鎌倉時代になると博奕の禁止令はさらに厳しくなり、関東御教書《かんとうみぎょうしょ》ではいみじくも「賭博は泥棒の始まり」と明記します。関東評定事書《ことがき》では、御家人《ごけにん》が田地を賭物にするのを禁止し、次の鎌倉幕府追加法では、一、二回目の双六は指を落とし、三回目に伊豆大島への流刑です。室町幕府も聖徳太子の十七条憲法にならった建武《けんむ》式目《しきもく》十七条の第二条で、博奕禁止を命じました。戦国時代には、各武将が領国での賭博を禁じます。伊達氏の塵芥集、結城氏新法度、六角氏式目、板倉氏新式目、武田信玄の甲州法度、相良氏法度、大内氏掟書、今川仮名目録、北条氏綱遺訓があります。江戸時代では商人が博奕には敏感で、博多の豪商島井宗室遺書、大坂の鴻池新六家訓が有名です。

この双六にはまっているのが、内大臣《ないだいじん》の落胤《らくいん》である近江《おうみ》の君《きみ》です。二十六帖「常夏《とこなつ》」では、侍女《じじょ》の五節《ごせち》の君と双六をし、相手の目が少なく出るように「小賽《しょうさい》、小賽」と揉《も》み手をします。

近江の君は早口で訛もあるので、「心深い」ことを言っても「よろしき心地」には聞こえないのです。ここを『香子』では「大変内容があって趣に富む事を言っても、早口ではそれが伝わらず」という現代文にしています。

三十五帖「若菜下《わかなのげ》」でも近江の君は双六に興じて、幸運な明石の尼君にあやかって、賽《さい》を振るとき、「明石の尼君《あまぎみ》、明石の尼君」と叫ぶのです。

平たく言えば双六はギャンブルであり、古代から現代まで生き続けている恐るべき嗜癖《しへき》、つまり奈良時代から現代まで続く、今では猖獗《しょうけつ》を極めている心の病なのです。この嗜癖の現象は、清少納言《せいしょうなごん》も『枕草子《まくらのそうし》』（一四五段）で活写しています。

きよげなる男の、雙六を日一日《ひとひ》うちて、なほあかぬにや、みじかき燈臺《とうだい》に火をともして、いとあかうかかげて、かたきの、賽《さい》を責《せ》め請ひてとみにも入れねば、筒《とう》を盤の上に立てて待つに、狩衣《かりぎぬ》の領《くび》の顔にかかれば、片手しておし入れて、こはからぬ烏帽子《えぼし》ふりやりつつ、「賽《さい》いみじく呪ふとも、うちはずしてんや」と、心もとなげにうちまもりたることこそ、ほこりかに見ゆれ。

（二）琴《こと》

源氏物語に頻繁に出てくるのが琴の演奏です。これには三種があります。中国伝来の琴《きん》は七絃で、主として皇統の人が奏します。名手は光源氏、螢兵部卿宮《ほたるひょうぶきょうのみや》です。箏《そう》の琴《こと》は十三絃で、名手は明石《あかし》の入道《にゅうどう》と紫《むらさき》の上《うえ》です。和琴《わごん》は東琴《あずまごと》とも言い、六絃で名手は頭中将《とうのちゅうじょう》の一族、紫の上です。

琴の他には四絃の琵琶があり、明石一族がよくしており、名手は明石の君、螢兵部卿宮、光源氏、源典侍《げんのないしのすけ》、夕霧《ゆうぎり》、薫《かおる》、匂宮《におうみや》、大君《おおいぎみ》、中の君です。

横笛の名手は柏木《かしわぎ》、光源氏、八の宮、小野の尼君です。

二十一帖「少女《おとめ》」の朱雀院《すざく》行幸《ぎょうこう》の際の遊宴では、螢兵部卿宮が琵琶、頭中将が和琴、朱雀院が箏、光源氏が琴を演奏します。この「少女」で、いくつかの「心」表現が使われています。

・鮮《あざや》ぎたる心

内大臣《ないだいじん》は夕霧と雲居雁《くもいのかり》の仲を耳にして、一大事と思い、二人を託していた母親の大宮《おおみや》の失態だと、腹を立てます。元来が「あざやぎたる心」なので、気が静まりません。これを『香子』では「また思い出され、腹が立った」という現代文にしています。

・なま心やまし

内大臣から仲を裂かれ、別れの挨拶のために大宮の許を訪れた雲居雁を前にして、大宮は泣き、夕霧の乳母《めのと》も、他の男に嫁いだりしないようにと念を押して、夕霧ほどの男は他にいないと、「なま心やましき」ままに言い放ちます。ここを『香子』では「憤懣やる方なく」と訳しています。

・ひたぶる心

この「心」表現は全篇で五回使われ、そのひとつが「少女」にあります。大宮は夕霧と雲居雁に最後の対面をさせます。夕霧は女房《にょうぼう》たちが騒ぐのをよそに、「ひたぶる心」に雲居雁を放しません。ここを『香子』では、「いとおしさからその場を離れないでいる」と訳しています。

三十五帖「若菜下《わかなのげ》」では、朱雀《すざく》院五十《いか》の賀の前に、六条院で女楽《おんながく》が披露されます。明石の君が琵琶、紫の上は和琴、明石の女御が箏の琴、女三の宮が琴《きん》の琴《こと》です。

・おほけなき心

この女楽《おんながく》の四人を、光源氏は花に譬えます。女三の宮は柳、明石の女御は藤の花、紫の上は桜、明石の君は花橘です。そんな女君たちを御簾《みす》越しに見た夕霧は、心が静まりません。しかし「おほけなき心」は持ち合わせていません。ここを『香子』では「求愛などというあるまじき心」と訳しています。

（三）　蹴鞠《けまり》

日本書紀には、皇極《こうぎょく》天皇の皇極三年（六四四）、法興寺の槻樹《つきのき》の下で、中大兄皇子《なかのおおえのおうじ》と中臣鎌足《なかとみのかまたり》が蹴鞠をしたと記載されています。そのくらい蹴鞠の歴史は古いのです。これは鹿革の鞠を足の甲で蹴り上げて、長く続けるのを競います。醍醐《だいご》天皇の延喜《えんぎ》五年（九〇五）には二百六回、村上《むらかみ》天皇の天暦《てんりゃく》七年（九五三）には五百二十回という記録が残されています。

蹴鞠の場所は懸《かかり》と称され、一辺が三、四間ほどの方形であり、懸の木として東南に柳、東北に桜、西北に松、西南に楓が植えられます。その本木の近くに競技者の鞠足《まりあし》が二人ずつ立ちます。木にひっかかった鞠をうまく受けとめるのも妙技です。懸の外に出た鞠を内側に蹴り返すのは、補助者の野伏《のぶせ》で、数人の審判役である見証《けんぞ》もいました。これは重要な宮廷文化で、後には流派も発生しています。

この蹴鞠の名手とされたのが柏木《かしわぎ》です。三十四帖「若菜上《わかなのじょう》」の末尾では、後の女三《おんなさん》の宮《みや》との密通の契機となる場面が描かれています。このとき仮の懸となったのは、六条院春の町にある寝殿の東庭でした。満開の桜なのに、光源氏や螢兵部卿宮《ほたるひょうぶきょうのみや》以下の上達部《かんだちめ》が魅了されているのは、柏木の妙技でした。もちろん女三の宮や女房たちも御簾《みす》越しに見物していて、その色とりどりの袖口が御簾の下に出されています。

寝殿南面の階《きざはし》で休んでいる夕霧《ゆうぎり》を見て、柏木も小休止して近づき、西隣の女三の宮の部屋の方をちらりと見るのです。その瞬間、紐をつけられた唐猫《からねこ》が御簾の外に逃げ出したので、御簾が引き上げられ、女三の宮の立ち姿が露見します。紫式部がよくぞ思いついたと、感嘆させられる名場面です。

はっとしたのは女房たちで、「心あわただしげ」になり手を出せません。これを『香子』では「慌てふためいて」と訳しています。

驚いたのは夕霧大将も同様で、不謹慎な女三の宮に気づかせようとして咳払いをします。それでさすがに女三の宮は内に引っ込んだのですが、夕霧は「飽かぬ心地」がし、「心にもあらず」残念だと嘆くのです。これを『香子』では、「残念でならず」「思わず溜息をつく」としています。

一方の「心をしめたる」柏木は「心にかかり」て「わりなき心地」になるのです。ここを『香子』では「胸一杯」の「夢見心地」「恍惚の境地」と訳しています。

・**外様《ほかざま》の心**

これは「若菜上《わかなのじょう》」に使われている「心」表現で、まだ女三の宮の婿選びが世間の耳目を集めている頃です。候補になっているのが柏木や夕霧、螢兵部卿宮《ほたるひょうぶきょうのみや》、藤大納言です。しかし夕霧は、雲居雁《くもいのかり》との生活で「ほかざまの心」もなく過ごしているため、今更という気でいます。ここを『香子』では「浮気心を我慢して」という現代語にしています。

（四）絵合《えあわ》せと薫物《たきもの》合せ

二つの組が互いの絵の優劣を競う遊びで、通常用いられる絵は、物語絵、月次《つきなみ》絵、四季絵、行事絵です。これが詳細に描かれているのは十七帖「絵合」です。絵の好きな冷泉《れいぜい》帝の寵愛を得るため、光源氏が後押しする斎宮女御、後の秋好中宮《あきこのむちゆうぐう》と、かつての頭中将《とうのちゆうじよう》の権中納言《ごんちゆうなごん》が後援する弘徽殿女御《こきでんのにようご》が、手持ちの絵を競うのです。まず藤壺宮《ふじつぼのみや》の前で、ついで冷泉《れいぜい》帝の御前で競われます。二度にわたる絵合せに結着をつけたのは、光源氏が須磨《すま》で書いた絵日記でした。

この宮廷催事によって、光源氏は秋好中宮を通して冷泉帝との絆を深め、藤壺宮、紫の上の存在も大きくなります。明石の君と明石の姫君の出自も再確認されるのです。

・ふるき心

この絵合せに出されたのがうつほ物語で、絵は飛鳥部常則、書は小野道風《おののとうふう》といういずれも村上天皇時代の第一人者です。その主人公の俊蔭《としかげ》はその名を後世に残すだけの「ふるき心」を有し、絵も比類ない、と一方が持ち上げます。ここを『香子』では、「古人の心意気」と訳しています。

薫物合せは、調合した薫物をたいてその香を競う遊びです。香料には沈香、丁字、白檀、麝香《じゃこう》などが用いられ、粉状にしたものを蜂蜜や甘葛、梅肉などで練り合わせて丸薬状にします。三十二帖「梅枝《うめがえ》」で、光源氏は明石《あかし》の姫君の裳着《もぎ》と入内《じゅだい》の準備として、薫物合せを思い立つのです。朝顔《あさがお》の姫君、紫《むらさき》の上《うえ》、花散里《はなちるさと》、明石の君に二種ずつの調合を求め、自らも調合に励みます。判者は螢《ほたる》兵部卿宮《ひょうぶきょうのみや》でした。

・争い心

「争い心」は唯一「梅枝《うめがえ》」だけに使われている「心」表現です。光源氏も仁明《にんみょう》天皇が男子禁制にした調合の秘方を駆使します。人の親らしくない「争い心」です。これを『香子』では「競争心」としています。

競争心という「心」表現が、源氏物語にはたった一度しか使われていないのは、中世の物語としては誠に異例です。思い出すのは、日本文学者の故ドナルド・キーン氏がある誌上対談で話した内容です。十八歳頃に源氏物語のアーサー・ウェイリーの英訳を読んだそうです。すると、ヨーロッパの中世物語と異なり、全く戦いの場面がないことに感銘を受け、それが日本文学を志す契機になったと述べていました。

（五）鷹狩り

これには冬に行われる大鷹狩りと、秋に実施される小鷹狩りがあります。大鷹狩りでは雄の鷹が使われ、鶴や雁、鴨、雉、鷺、兎などを捕獲します。小鷹狩りで用いられるのは隼で、鶉《うずら》や雲雀《ひばり》、雀などを捕らえます。二十九帖「行幸《みゆき》」で描かれる、冷泉帝《れいぜい》の大原野行幸は大鷹狩りです。見物の牛車《ぎっしゃ》が並ぶ中、宮中を出た行列は朱雀《すざく》門を南下し、五条大路を西に折れ、桂川を渡って大原野に入りました。

前述した「あやにく心」「僻心《ひがごころ》」「しれじれしき心」が使われているのも「行幸」です。

また小鷹狩りの記述が出てくるのは十八帖「松風《まつかぜ》」と五十三帖「手習《てならい》」です。明石《あかし》の君《きみ》が、母の尼と明石の姫君と共に移り住んだのが大堰《おおい》の邸です。その近くに光源氏は桂の院を造営し、饗宴を開きます。この宴に遅れて参じた近習《きんじゅ》は、小鷹狩りのために手間取ったのです。

・人心地す

この「心」表現はたった二回しか使われず、そのひとつが十八帖「松風《まつかぜ》」にあります。大堰《おおい》の邸を初めて訪問した光源氏は、明石の君が差し出した遺愛の琴《きん》を弾き鳴らし、一泊します。翌朝出立するのですが、明石の君の姿がないので、光源氏は見送ってくれたら「人心地」もするのに、と嘆きます。ここを『香子』では「心も慰められる」と訳しています。

(六) 騎射《きしゃ》

騎射とは馬に乗って矢を射る馬弓《うまゆみ》であり、手結《てつがい》ともいいます。これに対して通常の弓は歩弓《かちゆみ》です。そのうち小弓は、左膝を立てて左肘をもたせ掛けて、右手を顔近くに寄せて射かけます。

この騎射が催されるのが二十五帖「螢《ほたる》」で、場所は六条院の夏の町の馬場殿です。この馬場は春の町の北まで貫いているため、儀式は春の町からも見えるのです。童や下仕えも大勢見物していて、馬弓をするのは左近衛府の者たちなので、左近中将の夕霧《ゆうぎり》も当然参集しています。

この騎射の準備を任されるのが、夏の町に住む花散里《はなちるさと》です。夕霧もかつてはこの東の対に預けられていました。玉鬘《たまかずら》は今でもこの春の町の西の対にいます。そして、玉鬘の童《わらわ》や下仕え、花散里の童たちの装束まで用意するのが花散里なのです。

五月五日の午後、馬場に集まって来た親王たちや、左近の中将や少将たちは、この童や下仕えの色鮮やかな衣装に目を奪われます。

「螢」のこの場面には、目ぼしい「心」表現はありません。しかし強調されているのは、花散里の裁縫の才なのです。

花散里はまず二十一帖「少女《おとめ》」で、五節《ごせち》の舞姫の侍女たちの装束を光源氏から依頼されます。また同じ「少女」で、紫《むらさき》の上《うえ》の父式部卿宮《しきぶきょうのみや》の五十《いか》の賀のあとの仏事の装束も担当します。二十八帖「野分《のわき》」では、大風の翌日、光源氏が見舞うと、裁縫途中の物が広がっています。これは夕霧《ゆうぎり》の下襲《したがさね》かと驚くのです。夕霧の装束の世話も花散里がしていたのです。三十四帖「若菜上《わかなのじょう》」では、冷泉《れいぜい》帝の勅令で夕霧が主催した光源氏の四十賀が夏の町で実施され、人々の装束を用意したのも花散里でした。三十九帖「夕霧」では、落葉《おちば》の宮《みや》と一夜を過ごした夕霧は、夏の町にいったん戻り、装束を替えます。これも花散里が用意していました。四十一帖「幻《まぼろし》」では、光源氏に最期の夏衣を贈ります。このように花散里は、六条院を終始底支えする健気な女君でした。前述したユルスナールが自らの短篇『源氏の君の最後の恋』で、花散里をヒロインにしたのも、その目立たない献身ぶりに心打たれたからでしょう。

第十章　四十七帖「総角《あげまき》」は紫式部の最高到達点

四十七帖「総角」では、故八の宮の長女大君《おおいぎみ》を慕う薫《かおる》が、大君に拒まれ、大君は代わりに妹の中《なか》の君《きみ》を薫に勧めるのですが、薫はこの中の君を匂宮《におうみや》に押しつけてしまうのです。大君は薫に靡《なび》かないまま死去してしまうという、四人それぞれの心の行き違いが、寂しい宇治を舞台に描かれています。

本書の冒頭で紹介した大軒史子氏は、「源氏物語は『心』を語る文学である」と言い、さらに「総角」の「心」は範囲が広い、とも指摘し、「心を語る語の種類の多さ」にも驚嘆しています。実際その通りで、「総角」では、心のすれ違いを浮き彫りにするため、「心」表現が文字通り満開となっているのです。逐一検証しましょう。

・うしろめたき心

大君が拒むので、契りのないまま一夜を過ごすしかなかった薫は、自分には「うしろめたき心」はありません、と言い放ちます。そして、「あながちなる心」をあわれと思ってもらえないのが無念です、と訴えるのです。ここを『香子』では「後ろめたい心」「ひたすら思い焦がれている私の心の内」と訳しています。

・うちゆるぶ心

求愛が熱心な薫に対して、大君は妹の中の君こそ相手にふさわしいと思う半面、自分が独身を通すのにも「うちゆるぶ心」が生じるのです。ここを『香子』では「心が揺らぐ」としています。

・うしろめたき心

あくまで薫を拒もうとする大君は、しかし女房《にょうぼう》たちは薫に手なずけられて、「うしろめたき心」を持つやもしれないと警戒します。そして、父宮が「軽々しき心」を起こすなと忠告していたのを思い出すのです。ここを『香子』では「油断のならない考え」「軽々しい心」としています。

・人めかしからぬ心、同じ心

しかしなかなか薫は帰ろうとしません。女房たちは、逆にこれは良縁だと思っているようです。大君はそんなのは「人めかしからぬ心」だと思います。そして、今まで「同じ心」に相談してきた中の君も、男女の道には疎い、と嘆くのです。ここを『香子』では「片寄った考え」「心をひとつにして」と訳しています。

・思い構うる心

苦慮した大君は、中の君こそ薫に似つかわしいと思って勧めますが、薫はあくまで大君に恋い焦がれているので、匂宮を中の君に接近させようとします。匂宮はそんな薫の「思い構うる心」は知りません。ここを『香子』では「密かに心づもりをしている」という現代文にしています。

・飽《あ》かぬ心、あしざまなる心

こうして匂宮は、薫に連れ出されて宇治に行き、中の君の寝所《しんじょ》に導かれます。薫は大君の寝所に行くのですが、三たび大君に拒まれ、歌を詠み交わすのみで終わります。薫は「飽かぬ心地」がし、一方、老女房たちは、中の君と一夜を過ごしたのは別人だったと知ります。しかし薫の差し金だから「あしざまなる心」はないはずだと思うのです。ここを『香子』では「諦めきれない心地」「悪いようにはしないだろう」と訳しています。

・姉《このかみ》（兄）心

匂宮は中の君への愛情が深くなり、三日夜《みかよ》の餅《もちい》を大君が女房たちに用意させます。「このかみ心」からです。ここを『香子』ではそのまま「姉心」としています。

他に「兄心」が使われているのは三十七帖「横笛《よこぶえ》」です。夕霧が六条院を訪れると、光源氏はちょうど明石《あかし》の女御《にょうご》の居所にいました。そこで夕霧が紫《むらさき》の上《うえ》の部屋にいた三歳の三の宮（匂宮）を抱いて、明石の女御の所に赴くと、そこにいた二の宮が、自分も抱いてくれとせがみます。これを光源氏がたしなめていると、夕霧が二の宮には、「このかみ心」で弟に譲る大らかさがあると誉めます。これを『香子』では「年長らしく」と訳しています。

・**隔てなき心、立てたる心**

大君は上べのみは薫とつき合っていて、「隔てなき心ばかりは通うとも　馴れし袖とはかけじとぞ思う」の返歌をします。一方の匂宮も夜歩きを母の明石《あかし》の中宮《ちゅうぐう》に注意され、何事も好み通りに「立てたる心」を使うなと、釘を刺されます。ここを『香子』では、「隔てのない心で親しくはしておりますが」、馴染みの袖を重ねたような仲だと、言われる覚えはございません、と訳し、さらに、何事も好み通りに「しようとは思わないように」と訳しています。

・**思うまじき心、ひがひがしき心、下の心**

薫は明石の中宮に参上し、女一の宮の美しさを想像し、側でせめて声だけでも聞きたいと思います。そして好色な男なら「思うまじき心」も起こすだろうが、自分のような「ひがひがしき心」の者も世間では稀だろうし、それなのに女房たちは薫の気を引こうとする「下心」が見えるときもある、とさまざまに思いやるのです。ここを『香子』では、それぞれ「思ってはならない」「偏屈者」「下心」と訳しています。

・色なる心

夜半に宇治に到着して中の君と情を交わした翌朝、匂宮は中の宮と一緒に宇治の風景を目にします。宇治川を柴を積んだ舟が行き交い、船尾の後方に白波が立って「色なる心」には感慨深く沁み入ります。ここを『香子』では「風流を解する心」としています。

・胸あかぬ心地

これは唯一「総角」だけに使われています。一方の薫は大君に近づきますが、大君の拒否は強く、襖《ふすま》を固く戸締まりして話すので、薫は「胸あかぬ心地」がすると嘆きます。ここを『香子』では、そのまま「胸が晴れない心地」としています。

・軽びたる心

匂宮はその後、諸事に紛れて中の宮の許に赴けません。逆に大君が病を得たと知った薫は、宇治に見舞いに行きます。匂宮の訪れがないと聞いて、薫はかつて思っていたよりも匂宮は「軽びたる心」かなと残念がります。ここを『香子』では「不実」と訳しています。

・長き心

大君が重態になり、薫はその看病に努めます。大君もそれを素直に受け入れ、一方で受戒を望みます。出家すれば薫と自分の「長き心」を見届けられると思うからです。ここを『香子』では「変わらぬ心情」としています。

・**深き心**

懸命の薫の看病にもかかわらず、大君は死去します。袖を涙で濡らしながら呆然としている薫を見た女房たちも、こんなに「深き心」がある薫に対して、大君と中の君は二人とも冷ややかだったと涙するのです。ここを『香子』では「これほどまでに思慕されていたのに」と訳しています。

以上、「総角」の筋書きを辿りながら、そこここにちりばめられている「心」表現の大方を見てきました。大君は、あくまでも薫とのありふれた結婚を拒否するために、中の宮を薫に押しつけようとします。しかしそれを薫が拒んで、逆に匂宮を中の君に結びつけるのです。ところが匂宮は中の君と結ばれたあと、親王という立場から通いが途絶えます。

やはり予想していた通りだと、大君は中の君をも不幸にしてしまったと嘆いて、いよいよ薫の意思には背くのです。ところが病の床に就いてからは、薫の看病に身をゆだねるしかなくなり、顔をもさらしてしまいます。顔を見られるのは結婚と同様ですから、これを回避するには出家しか残されていません。

こんな大君は、この世における女の悲しい運命を見通していたと言えます。結婚して表向き生活は安定しても、男の愛情は移ろいやすく、薄情けは甘受するしかありません。逆にひとり身を通せば、生活が成り立ちません。父の八の宮の「宇治を出るな」「ひとり身を通せ」という遺言を守ったとしても、その先には困窮が待ち受けています。

源氏物語で女の哀しみを描くのだという紫式部の意図は、この「総角」に凝集されているようです。それだけに渾身の筆を進める過程で、次々と「心」表現が噴出したのでしょう。

ともかく「総角」を含めて宇治十帖こそは、紫式部の文学上の最高到達点ではないでしょうか。

第十一章　心と魂・胸・身

前章までに、紫式部が駆使した「心」表現の詳細を検証しました。それでは、「心」を「魂」や「胸」さらに「身」と比較した場合、どういう「心」の位相が見えてくるでしょうか。この検討によって、源氏物語の「心」がより一層鮮明になってくるはずです。

（一）魂

「たま（魂）」は八回使われ、「たましい（魂）」は、十五回使われています。この「魂」の意味として如実な参考になるのが、以下の二首です。

ひとつは桐壺《きりつぼ》帝が、亡き桐壺更衣《こうい》の遺品を目にして詠んだ歌です。

たずねゆくまぼろしもがなつてにても
魂の在《あ》り処《か》をそこと知るべく
（更衣の魂を探しに行く幻術士がおれば、人づてでも魂の在処がそこだと分かるのに）

これは白楽天《はくらくてん》の「長恨歌《ちょうごんか》」の一節を下敷きにした和歌です。「長恨歌」は、楊家の娘が玄宗《げんそう》の寵愛を受けて貴妃となったあと、戦乱で殺され、皇帝がその魂を探すために幻術士を送り出すという、長編叙事詩です。全編が百二十の七言から成り、最後の三十二句で幻術士はようやく楊貴妃を探し当て、玄宗の悲しみを伝えます。

すると楊貴妃《ようきひ》は、帝から貰った螺鈿《らでん》の小箱と金の釵《かんざし》を持って来ます。黄金の釵は片方を割き、小箱は身と蓋を分けて、一方のみを幻術士に与えます。そして二人だけが知っている誓いの言葉も口にして、幻術士を送り出すのです。

在天願作比翼鳥　天に在りては願わくは比翼の鳥と作《な》り
在地願為連理枝　地に在りては願わくは連理の枝と為らん

これこそ生前の七月七日、長殿で夜も更けたときに、互いに誓い合った言葉だったのです。

もうひとつは四十一帖「幻《まぼろし》」で、光源氏が亡き紫《むらさき》の上《うえ》を偲んで詠歌した和歌です。

大空を通うまぼろし夢にだに
見えこぬ魂《たま》の行く先《え》尋ねよ
（大空を行き来する幻術士よ、夢にだに現れない、亡き人の魂の行方を捜し求めてくれ）

これらの例からすれば、「魂」は「命」や「霊」に近く、不動のものであり、揺れ動く「心」とは様相を異にします。

試みに源氏物語には「心魂《こころだましい》」が三回使われ、そのうちの一回は前述したように十三帖「明石《あかし》」に出てきます。暴風雨の中で雷も落ちて、光源氏のいる住居の廊が焼けたのです。誰も彼も「心魂」がないまま逃げ惑います。これは「正気」と言い換えられます。三十九帖「夕霧《ゆうぎり》」でも使われ、落葉《おちば》の宮《みや》の母御息所《みやすどころ》の死を聞いて、夕霧は「心魂」もあくがれ果てるのです。それは「心も魂」も身から抜け出してさまよう状態を意味します。さらに十帖「賢木《さかき》」では、里邸に下がった藤壺宮《ふじつぼのみや》を光源氏が訪問し、かきくどき、思いも遂げられずに二日目の朝に退出します。その後、「心魂」も失くしたように自邸に引き籠もります。これは「気力」「正気」「意識」とも解されます。いわゆる「心」と「命」を掛け合わせたような、張りつめた精神状態を指しています。「心」の働きの根源にあるのが「魂」だと考えていいでしょう。

（二）胸

「胸」は『鑑賞』によれば、源氏物語に百四十八回使われているといいます。そのうち十五例が身体の胸部や内臓を指していて、さらにうち五例が病気を意味する「胸悩む」「胸病む」などに使われ、病気を意味しています。

あとの大部分は心情を表していて、例えば「胸つぶる」が四十三例、「胸ふたがる」は二十七例、「胸いたし」二十五例、「胸あく」九例、「胸騒ぐ」が六例です。

「心」にも同様な言い方があるものの、同じ心情でも、「胸」は身体に寄り添った表現のようです。

（三）身

それでは「身」はどうでしょうか。「身」は何と五百四十回も使われています。加えて、「御身」が六十九回、「御身ども」が三回、「身ども」が六回出てきます。

「心憂し」が、源氏物語の底流に流れている「心」表現だと第一章で述べました。実は「身の憂さ」という表現もあって、これを嘆くのは、空蟬《うつせみ》、夕顔《ゆうがお》、六条御息所《ろくじょうのみやすどころ》、落葉《おちば》の宮《みや》、大君《おおいぎみ》、中《なか》の君《きみ》、浮舟《うきふね》といった女性ばかりです。

「身の憂さ」は「心憂し」とは異なり、身の上や位による身の不自由さを表現しているようです。

これに対して、全篇で十九回用いられている「身にしむ」は、身の上とは無関係に、深い感情、揺さぶられる心を示しているようです。

例えば九帖「葵《あおい》」で、亡き葵の上を偲ぶ光源氏は、秋風の音を「身にしみて」聞きます。また十三帖「明石《あかし》」で、光源氏が弾く琴の音を聴いて、興趣の分かる若人は「身にしみて」感動します。

さらに二十帖「朝顔《あさがお》」では、雪の夜に月が冴え渡っているのを見て、光源氏は「身にしみて」この世の外《ほか》のことまで、思いやられます。

また、四十七帖「総角《あげまき》」には、「身を心ともせぬ世」という表現が出てきます。薫《かおる》に迫られ、女房《にょうぼう》たちからも、この辺りでもう薫君に身を任せてもよいのでは、と思われて、大君は窮地に立たされます。その上で「身を心ともせぬ世」だと嘆くのです。身の処置を心に任せられない、つまり思い通りにならないこの世だと嘆息します。

この「心」表現の引歌《ひきうた》は、伊勢《いせ》の次の歌とされています。

否せとも言い放たれず憂きものは

身を心ともせぬ世なりけり
（嫌ですと強く拒絶もできず悩ましいのは、親がこの世にいないため、思い通りにならない世の中です）

身ははやく無き物のごとなりにしを
消えせぬ物は心なりけり
（我が身はもはやないもの同然になったのに、ないものにできないのもわたしの心だ）

紫式部自身も、これに類似の表現を和歌に詠み込み、『紫式部集』に次の連作があります。夫の藤原宣孝《のぶたか》が死去し、遺児の賢子《けんし》の生い先を祈りつつも、この世はそもそも憂しと思っているので、詠歌するのです。

数ならぬ心に身をばまかせねど
身に従うは心なりけり
（物の数にも入らない自分の心にかなった身の上にはならなかったけれど、その身の上に従ってしまうのは、自分の心だ）

心だにいかなる身にかかなうらん
　思い知れども思い知られず
（せめて自分の心だけは思う通りにしたいとはいっても、それはどんな身にならば可能だろうか。いかなる境遇になっても思い通りにならないと分かっているものの、悟り切ってはしまえない）

これは和泉式部《いずみしきぶ》の歌「おのが身のおのが心にかなわぬを　思わば物を思い知りなん」（自分の身の上が自分の希望通りにならないと分かれば、もう悟りの境地でしょう）を下敷きにしているようです。このように和泉式部も、身と心の乖離には敏感な人でした。

憂しと見て思い棄ててし身にしあれば
　わが心にもまかせやはする
（我が身はどうせつまらないものだと思い棄ててはみたものの、自分の心はそう簡単には棄て去れない）

さて紫式部の三首目は、初めて宮仕えをした折に詠んだ歌です。

身の憂さは心の内にしたい来て

いま九重ぞ思い乱るる

（我が身の憂さは後から後からつきまとい、宮中で幾重にも思い乱れてしまう）

このように検討すれば、「心」と「身」が対立表現として用いられているのに気づかされます。端的に言えば、その対比において、「心」は希望を意味し、「身」は身の上を意味しているのです。

この「心」と「身」の乖離を、身をもって思い知らされたのが匂宮《におうみや》と浮舟でしょう。浮舟と行く末長く将来を約束しても、「心に身をもさらにえまかせず」と嘆息します。自分の身が思うに任せられない、と嘆くのです。

さらに浮舟が失踪したと聞いて、匂宮は近習《きんじゅ》の時方を宇治にやって事情を探ります。応待した浮舟に仕える女房侍従《じじゅう》は、浮舟が思い乱れて、「心と身をなくした」状態だったと説明します。「心と我が身をなくした」様子だったと言うのです。

おわりに

以上が、紫式部が源氏物語の中で駆使した「心」表現の全容です。その種類は三百を超えるのではないでしょうか。まさに源氏物語は「心」の宇宙と言っても過言ではなく、全篇にこれらの「心」表現が夜空の星のようにちりばめられています。

源氏物語を歴史上空前絶後の位置まで高めた要因のひとつは、「心」表現の豊かさ、「心」の宇宙にあったといえます。この現象は中国の史伝にも、漢詩にも見られず、わが国の物語にしても、紫式部の以前にも以後にも、皆無です。源氏物語の登場人物をかくも生き生きと書き得たのも、極限までに駆使された「心」表現の手柄です。

仮に、源氏物語が出来事の推移を辿るだけの物語であったなら、とっくの昔に歴史の闇の中に葬り去られていたでしょう。万人に共通する「心」の宇宙を描き切ったからこそ、千年の時を超えて日本人に読み継がれ、二十世紀に外国語訳が出てからは、空も超えて世界中の人々から愛読されるようになったのです。

その意味でも、紫式部が築き上げた「心」表現は、そのひとつひとつが日本文学、いや世界文学の大きな遺産だといえます。

翻《ひるがえ》って現代の私たちが、「心」表現にどれほど心を配っているかというと、全く顧みられていないのではないでしょうか。「心」表現が、今は極端にやせ細ってしまっているのです。

思いつくままに列挙すると、心意気、心構え、心得、心がけ、心次第、心づもり、心あたり、心がけ、心変わり、心配り、心強い、くらいでしょう。また、動詞とからめた「心」表現は、心温まる、心置きなく、心が通う、心が弾む、心惹かれる、心に迫る、心を痛める、心を鬼にする、くらいしか思いつきません。もっとあるはずですが、せいぜい二十か三十ではないでしょうか。

実は、現代の私たちから「心」表現を奪ってしまった、私が唾棄する言葉があります。それは「気持」です。以前は単に「気持」と書いていたのに、いつの頃から校正の人に「気持ち」と朱を入れられるようになりました。

以来、私自身はキモチ悪くなって、「気持」も「気持ち」も使わなくなったのです。その言葉が余りにも漠然としていて、心の内の表現を曖昧にしてしまうからです。心理をもっとつきつめたいのに、その言葉で代用すると、とてつもない安物な表現になってしまいます。

とはいえ、歌謡曲の世界ではずっと「心」は大切にされてきました。私の限られた知識の中で例をいくつか挙げると、次のようになります。

①男心、女心、恋心、未練心、乙女心。

②楽しい心、嬉しい心、むせぶ心、悲しい心、旅の心、愛の心、すさむ心、迷う心、祈る心、暗い心、乱れる心、燃ゆる心、冷たい心。
③心の炎、心の青空、心の妻、心の歌、心の花、心の太陽、心の傷、心の星、心の歌。
④心迷う、心わびし、心もとなし、心が寒い、心わくわく、心もろく、心はひとつ、心も軽い、心は暗い、心変わり、心が濡れる。
⑤胸と心、心と心、心の真心。

このように昭和歌謡は心の歌と言ってもいいほど、心が重宝されています。

それなのに「気持」が「心」を駆逐しはじめた現象は、早くも一九七二年の「バス・ストップ」で確認できます。作詞は千家和也で、高音で歌い上げたのは平浩二でした。

バスを待つ間に
心《きもち》を変える
つないだこの手の温りを
忘れるために

この歌詞の「心」に、千家和也は見事にも「きもち」とルビを振ったのです。おそらくこの頃から、「心」は重過ぎるようになり、軽い「気持」のほうが、手軽に使えるようになったのでしょう。

しかし二〇二四年一月から三月にかけて、フジテレビ系で放映された青春ドラマの題名は、何と『君が心をくれたから』でした。この「心」が「気持」だったなら、ドラマそのものが成立しないはずです。それくらい「心」は価値を持った日本語なのです。

安易に「気持」ばかり使っていると、いつの間にか貴重な「心」が希薄になっていきそうで、私自身は「気持」表現は決して使わないと心に決めています。

ここで白状すれば、この本の第十一章まで、キモチ悪い「気持」も「気持ち」も、一切使っていません。すべてそのキモイ単語を排除しつつ、別な表現を使っています。

そうです、単刀直入に言えば、豊かな「心」という良貨を駆逐したのは、キモチ悪いその「気持ち」という悪貨ではないでしょうか。その気安い悪貨がはびこったために、紫式部が源氏物語で最大限にまで発展させた「心」表現は、大津波が退くように現代の私たちから一挙に姿を消したのです。

私たちはせめて、源氏物語の「心」の宇宙の醍醐味を身にしみて感じたあと、普段の生活でキモチ悪い悪貨を使わないように心がけたいものです。その先には、必ずより豊かな心の世界が待ち受けています。

紫式部が「心」表現を、あたかも万華鏡を動かすようにして千変万化させながら、織り込んだ源氏物語の豊穣な世界の秘密は、この心にこそあったのです。

原文で読むのが苦痛であれば、現代語訳でも構いません。明治時代から多くの作家が、源氏物語の私訳を成し遂げています。しかしそれは直訳ではなく、自分なりの改作です。いわば偽書であり贋作です。紫式部の文章とは異質な代物になっています。

紫式部の文章の良さが最も保持されるのは、質の良い直訳なのです。改変をした私訳では、源氏物語の雰囲気は分かっても、紫式部本人の息遣いは伝わってきません。プルーストの『失われた時を求めて』を、原文そのままに翻訳しないとしたら、それは冒瀆であり捏造です。

日本人でありながら、源氏物語を読まずして人生を終えるのは、実にもったいない気がします。本書は源氏物語の手引として、物語の奥深くまであなたを導いてくれるはずであり、直訳で読む場合の最上の副読本にもなるはずです。

参考文献

・本居宣長全集第四巻、筑摩書房、一九六九
・小林秀雄：本居宣長、新潮社、一九七七
・鈴木一雄（監修）：源氏物語の鑑賞と基礎知識（全四十三巻）、至文堂、一九九八〜二〇〇五
・柳井滋、室伏信助、大朝雄二、鈴木日出男、藤井貞和、今西祐一郎（校注）：源氏物語、岩波文庫、二〇一七〜二〇二一
・池田亀鑑（編著）・源氏物語大成（巻四）索引篇、中央公論社、一九五六
・林田孝和、植田恭代、竹内正彦、原岡文子、針本正行、吉井美弥子（編）：源氏物語事典、大和書房、二〇〇二
・秋山虔、小町谷照彦（編）、須貝稔（作図）：源氏物語図典、小学館、一九九七
・新訂増補国史大系、日本書紀　後篇、吉川弘文館、一九七一
・新訂増補国史大系、続日本紀　前篇、吉川弘文館、一九八一
・竹内理三（編）：平安遺文　古文書編第二巻、東京堂、一九六四
・後撰和歌集、ノートルダム清心女子大学国文学研究室古典叢書刊行会、一九六九

・石川忠久、白楽天一〇〇選、NHK出版、二〇〇一
・工藤庸子：プルーストからコレットへ、中公新書、一九九一
・マルセル・プルースト（井上究一郎訳）：『見出された時10　第七篇　見出された時』、ちくま文庫、一九九三
・河盛好蔵：藤村のパリ、新潮社、一九九七
・Yourcenar, M.: Nouvelles orientales, Gallimard, 2011
・久保田淳監修、武田早苗、佐藤雅代、中周子共著：賀茂保憲女集・赤染衛門集・清少納言集・紫式部集・藤三位集、和歌文学大系20、明治書院、二〇〇〇
・小右記一、二：増補史料大成刊行会編、臨川書店、一九七三
・御堂関白記上中下、大日本古記録、岩波書店、一九五二〜五四
・蜻蛉日記、今西祐一郎校注、岩波文庫、一九九六
・枕草子、池田亀鑑校訂、岩波文庫、一九六二
・竹取物語、阪倉篤義校訂、岩波文庫、一九七〇
・伊勢物語、大津有一校注、岩波文庫、一九六四
・和泉式部集、和泉式部続集、清水文雄校注、岩波文庫、一九八三
・和泉式部日記、清水文雄校注、岩波文庫、一九四一
・紫式部日記、池田亀鑑・秋山虔校注、岩波文庫、一九六四
・土左日記、鈴木知太郎校注、岩波文庫、一九七九

・落窪物語、藤井貞和校注、岩波文庫、二〇一四
・紫式部集、付　大弐三位集・藤原惟規集、南波浩校注、岩波文庫、一九七三
・栄花物語、新訂増補国史大系20、吉川弘文館、一九三八
・清藤鶴美：菅家の文華　菅原道真公、詩歌の世界、太宰府天満宮文化研究所、一九七一
・アントレ・ロック・ルクール編（森山成棌、山鳥重訳）：書字言語　その歴史と理論および病態、創造出版、一九九九
・山鳥重：知・情・意の神経心理学、青灯社、二〇〇八
・山鳥重：心は何でできているのか　脳科学から心の哲学へ、角川選書、二〇一一
・帚木蓬生：国銅　上・下、新潮文庫、二〇〇六
・川口久雄（校注）：菅家文草　菅家後集、日本古典文学大系72、岩波書店、一九六六
・森山成棌：源氏物語におけるゲームとギャンブル、臨牀と研究、一〇一巻六号、二〇二四
・水島昭男（編著）：想い出の昭和名曲集、東京堂出版、二〇一四

帚木蓬生（ははきぎ・ほうせい）
1947年、福岡県生まれ。作家、医学博士・精神科医。東京大学文学部、九州大学医学部卒業。九大神経精神医学教室で中尾弘之教授に師事。1979～80年フランス政府給費留学生としてマルセイユ・聖マルグリット病院神経精神科（Pierre Mouren 教授）、1980～81年パリ病院外国人レジデントとしてサンタンヌ病院精神科（Pierre Deniker 教授）で研修。その後、北九州市八幡厚生病院副院長を経て、福岡県中間市で通谷メンタルクリニックを開業し、現在は専業作家。多くの文学賞に輝く小説家として知られる。主な著書に、『白い夏の墓標』『三たびの海峡』（吉川英治文学新人賞）『閉鎖病棟』（山本周五郎賞）『逃亡』（柴田錬三郎賞）『ギャンブル依存とたたかう』『千日紅の恋人』『水神』（新田次郎文学賞）『ソルハ』（小学館児童出版文化賞）『やめられない　ギャンブル地獄からの生還』『蠅の帝国』『蛍の航跡』（この2作品で日本医療小説大賞）『悲素』『受難』『守教』（吉川英治文学賞、中山義秀文学賞）『沙林』、最新刊に『香子（かおるこ）　紫式部物語』（全5巻）など多数。

朝日選書 1044

源氏物語《げんじものがたり》のこころ

2024年10月25日　第1刷発行

著者　帚木蓬生

発行者　宇都宮健太朗

発行所　朝日新聞出版
〒104-8011　東京都中央区築地 5-3-2
電話　03-5541-8832（編集）
03-5540-7793（販売）

印刷所　大日本印刷株式会社

Published in Japan by Asahi Shimbun Publications Inc.
ISBN978-4-02-263135-0
定価はカバーに表示してあります。

落丁・乱丁の場合は弊社業務部（電話 03-5540-7800）へご連絡ください。
送料弊社負担にてお取り替えいたします。

帚木蓬生の本